銀河のカッサータ
満月珈琲店

満月珈琲店
WELCOME

あら波のジェラート
満月珈琲店

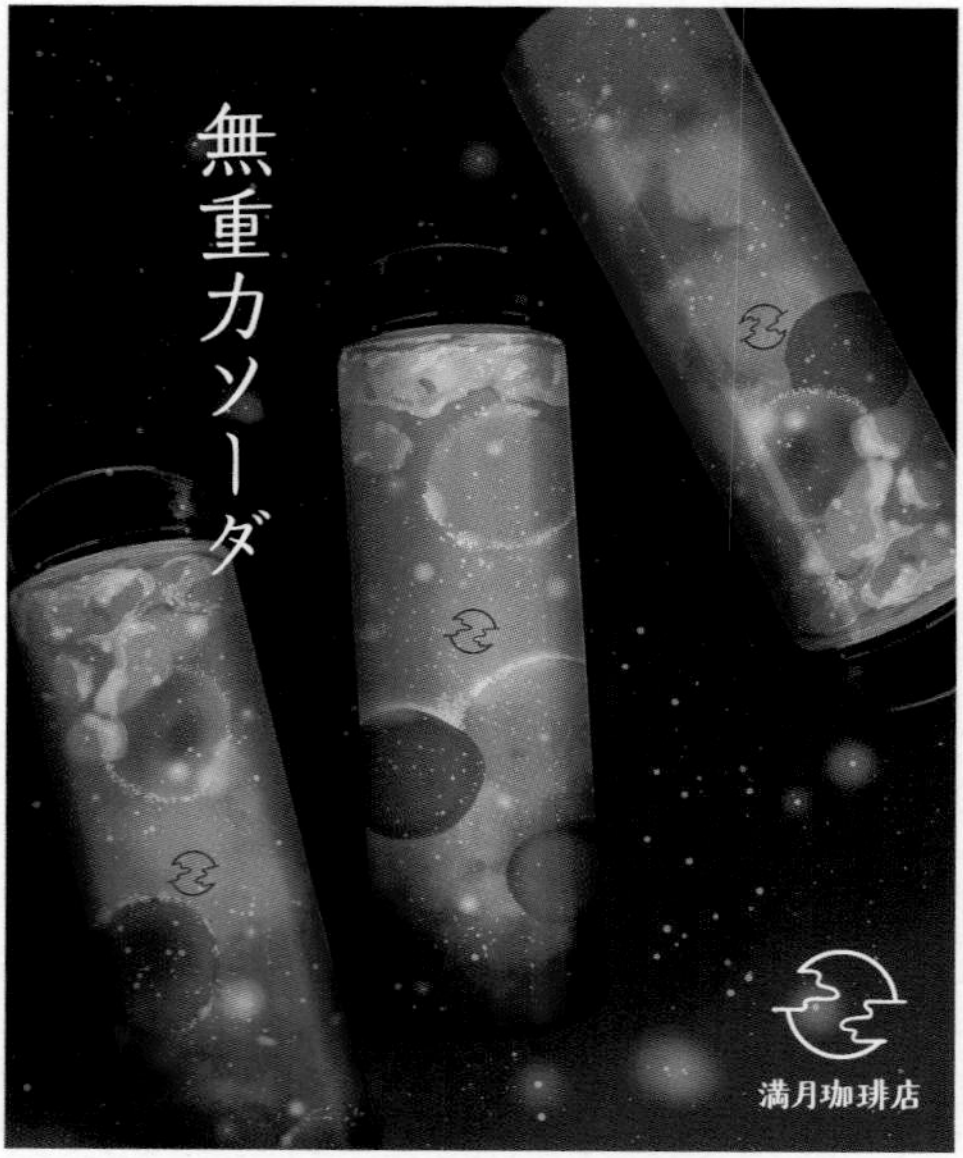
無重力ソーダ
満月珈琲店

夜のガトーショコラ
満月珈琲店

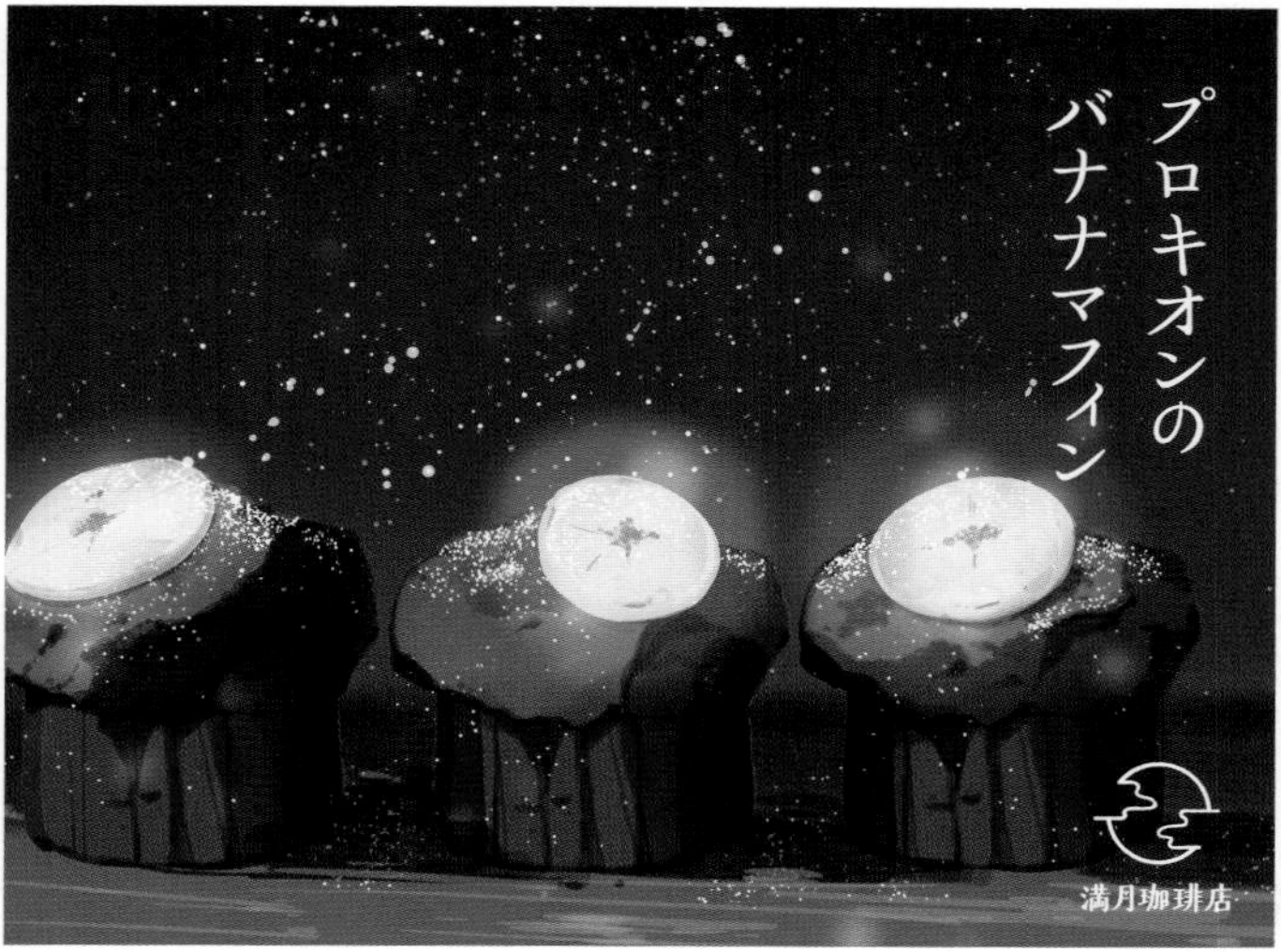
プロキオンの
バナナマフィン
満月珈琲店

北斗七星のチョコレート
満月珈琲店

ベテルギウスのプリン
満月珈琲店

三日月りんごのアップルケーキ
満月珈琲店

文春文庫

満月珈琲店の星詠み
～秋の夜長と月夜のお茶会～

望月麻衣

画・桜田千尋

文藝春秋

目次

満月珈琲店の星詠み
～秋の夜長と月夜のお茶会～

――『満月珈琲店《まんげつコーヒーてん》』には、決まった場所はございません。

時に馴染《なじ》みの商店街の中、終着点の駅、静かな河原と場所を変えて、気まぐれに現われます。

そして、当店は、お客様にご注文をうかがうことはございません。

私どもが、あなた様のためにとっておきのスイーツやフード、ドリンクを提供いたします。

大きな三毛猫のマスターは、今宵《こよい》もきっとどこかで素敵なメニューを用意しているのだろう。

第一章　木星と銀河のカッサータ

――私が読書をするようになったきっかけは、眠れない秋の夜だった。

その夜、ベッドに入るまでは、いつもと変わらない状態だったのだ。いそいそと布団の中に潜り込み、枕に頭を委《ゆだ》ねる。タオルケットの肌触りが心地よく、体に巻き付けるようにして、掛け布団を整えた。

心地いい。

もう、九月だ。永遠に続くかと思っていた暑さもいつの間にかおさまっていて、ようやくエアコンをつけずにいられるようになった。

それにしても、と私は寝返りを打つ。

今年の夏は、ぼんやりしている間に過ぎてしまった。みんなは、どんな夏休みを過ごしたのだろう？　と、ふと思う。

ちなみに『みんな』とは、友人知人だけではなく、世間一般を指している。その『みんな』がどう過ごしたのか気になって、スマホに手を伸ばしたのだ。

それがよくなかった。

SNSをチェックしていくと、煌《きら》びやかで楽しそうな写真が次々と目に入っては、流れていく。

美味しそう、楽しそう、と思えているうちはまだいい。

胸に一抹《いちまつ》の寂しさが過《よぎ》った時は、すぐにSNSから離れるべきだ。

分かってはいても目に眩《まぶ》しいような投稿を見続けているうちに、羨望が痛みとなって襲ってくる。

自覚した時はもう手遅れで、どうしようもないもやもやが心の内に広がっていた。

これではいけないとスマホを置いて、無理やり目を瞑《つぶ》った。

寝よう寝よう。

不思議なもので、寝なければと思えば思うだけ、眠りから遠ざかっていくものだ。

眠りを強く意識するほどに、どんどん眠れなくなるパターンに陥る。

もう四十五年も生きていて、何度も経験しているというのに、毎度『眠らなければ』と意気込むのだから、自分はどれだけ学習能力に乏しいのだろう。

焦りは逆効果なのだ。

そう思えば、眠れなくなった時に、『羊を数える』のは理に適《かな》っているのかもしれない。数えることに懸命になり、『眠らなきゃ』という意識から逃れることができるのだから……。

先人たちの知恵に従い、私も羊を数えることにした。頭の中で牧場を思い浮かべる。牧場の中心には、低い柵があり、そこを飛び越えた羊を数えていこうと思ったのだが――、

「羊って、どんな感じだったかな」

羊の姿を上手く思い浮かべることができない。

反射的に羊の姿を確認しようと、スマホに手を伸ばしてしまいそうになって、すぐに引っ込めた。

スマホを手にしたら最後。羊の検索だけでは済まなくなる。

私はベッドの上に大の字になって天井を仰いだ。

「そういえば、前はSNSを見てももやもやしなかったのにな……」

楽しそうにしている人たちの写真を見ても、良かったね、と温かい眼差しを向けられていた。負の感情に呑み込まれるようになったのは、いつからなのだろう?

「仕事を辞めてから……かな」

そうだ。

仕事をしている頃は、そもそもじっくりSNSに浸る時間がなかったのだ。

慌ただしく、忙しく、そして充実した毎日を送っていた。

時々、SNSを開いた際、お洒落《しやれ》なカフェや旅行先の写真を目にしても、『おおっ、いいねぇ。私も休日に遊びに行こう』と思うだけだった。

ありがたいことに、わが町は田舎でありながら、お洒落なカフェはたくさんある。他のリゾート地に負けない素敵な景色もだ。

ようは、今の自分は暇なのだ。だから負の感情に囚われる時間もある。さらに言うと、大して疲れてもいないから眠れない。

時間を持て余しているというのは、ろくなことがない。

本当に寝よう、と掛け布団を抱き枕のようにして、ギュッと目を瞑る。

しばし寝返りを打つも、やはり眠れない。

「……駄目だ」

このまま布団の中にいても、無駄な時間を過ごしてしまいそうだ。

私は寝るのを諦め、ベッドから下りて、自分の部屋を出る。

この家は、古い小さな一戸建てだ。

二階には私の部屋以外にもうひとつ、廊下を挟んで向かい側に母の部屋がある。

――わが家は長い間、母一人、子一人の家庭だった。

母の部屋の扉は、風通しを良くするために開けっ放しにしている。

そのため、見るつもりはなくても枠組みだけのベッドと、段ボール箱が積み重なって部屋中に置かれているのが目に入った。

部屋は整理整頓されているわけではなく乱雑な印象だ。

途中まで熱心に片付けていたのだが、母の部屋のエアコンが壊れてしまったため、夏が終わるまではと後回しにしていたのだ。

「どうせ眠れないなら、荷物整理も進めないと」

夜であろうと当たり前のように仕事をする気持ちになるのは、染みついた職業病なのかもしれない。

私は母の部屋の照明を点《つ》けて、足を踏み入れる。

さて、と段ボール箱の中身を覗《のぞ》くと、文庫本がぎっしりと詰まっていた。

「あらためて、すごい量……」

母は読書家だった。本があれば手あたり次第読んでいたため、本当に『本が好き』だったのかは不明である。

私は、活字中毒だと思っている。

いや、精神安定剤なのかもしれない。

『夜になって布団の中に入ると、先のことを考えて不安になってくるのよ。でも、本を読んでいると、物語の世界に没頭できて、いつの間にか眠れているの。だから、寝る前の本は手放せなくて』

母はよくそう言っていたのだ。

そんな彼女は病床でも、さらには死ぬ間際までも本を読んでいた。図書館でも借りていたが、それでは飽き足らず、新刊を購入していたのだ。

「そりゃ、こんな量になるよね」

まさに本の山だ。

こんなに本があるのに私が読んだことがある本はほとんどなかった。本が心のよりどころだった母とは違い、仕事や生活に忙しかった私にとって読書するという行為は、なかなかハードルが高かった。心身に余裕がある時じゃないと、読もうという気持ちになれなかったのだ。

「にしても、この本たち、どうしたらいいのかな」

売るものと残すものに分けようか。本好きの友達に持って行ってもらうのも良いかもしれない。とりあえず、仕分けしよう。

段ボールから本を出して床に並べていく。

しばしそれを続けていたが、途中で急に面倒くさくなってしまった。

「こんな夜更けにやることじゃないよね」

今さらの話である。

一度出した本の山を見下ろしながら、ふと見覚えのあるタイトルが目に入り、手を止めた。

ミヒャエル・エンデ著『モモ』。

「懐かしい……」

母が大好きだった本だ。

どのくらい好きだったかと言うと、娘である私に『百花《ももか》』と名付けたほどである。

私もこの本が好きで、子どもの頃は繰り返し読んでいたけれど、大人になってからはページを開いていなかった。

読んでみようかな。

そんな気持ちになれたのは久しぶりで、少し嬉《うれ》しくなる。

せっかくだからソファーに座って読もう、と一階に下りて、リビングの扉を開けた。

リビングとダイニングはつながっている。

さらにリビングの横には和室があり、ダイニングには、四脚の椅子がある食卓、リビングには、三人掛けソファーが置いてある。ソファーの前に小さなテーブルを置いていたのだが、今そのテーブルは和室の隅に移動させていた。

今や母の位牌などを置いた、簡易仏壇となっている。

私はソファーに足を伸ばすように座って、本のページを開いた。

――時間どろぼうと、ぬすまれた時間を人間にとりかえしてくれた女の子のふしぎな物語。

まず、そんな一文が目に入る。

こんなはじまりだっただろうか？

最後に読んだのは、小学生の頃だから三十年以上前になる。ここまですっかり忘れている自分の記憶力に落胆してしまった。が、冒頭の一文を前にして、まるで初めて読むかのように、胸がときめいた。

まずは、モモが住む街の説明が描かれている。

かつてその街は、王の住む宮殿があり、壮麗《そうれい》な寺院があり、大きな円形劇場もあって、いつも賑わっていた。

しかし長い年月が経ち、その都市は朽ちていた。宮殿も寺院も崩れてしまったが、円形劇場はそのおもかげを留めていた。

主人公のモモは、そんな廃墟の円形劇場の小部屋に住み着いていた。

施設から逃げ出してきたモモには、家族はいない。

他の多くの人が持っているものを持たないモモだったが、そんなモモには他の人にない特別な力があった。

それは『みんなの話を本当に聞いてあげることができる』才能だ――。

読みながら、私の頬が緩んだ。

子どもの頃の感情が蘇《よみがえ》る。

『私にも特別な力があると良いな』

と、『モモ』を読みながら思ったものだ。

『みんなの話を本当に聞いてあげることができる』というモモの才能は、ファンタジー作品としては、あまりに現実味を帯びていて、地味かもしれない。

それでも、そのリアルな力は、『それなら自分も』と思わせてくれたものだ。

懐かしさも相俟《あいま》って、ぐいぐいと惹きつけられる。

気が付くと私は夢中でページをめくっていた。

読み終わった頃、カーテンの隙間から朝陽が差し込んでいるのが分かった。

目も肩も疲れていたが、私の心は壮大な映画を観終わったかのような、充実感に包まれていた。

そのまま私は、朝陽を背中に受けながら自室に戻って、泥のように眠ったのだ。

それがきっかけであり、その日から、私は母の蔵書を読み漁るようになった。

段ボール箱の中には、『モモ』のような懐かしい作品から話題の新刊、ファンタジー、ミステリー、恋愛、歴史と様々な本がぎっしりと詰まっている。

それも部屋を埋め尽くすような量だ。

少し前まで厄介な荷物と感じていたが、読書の楽しさを感じた今は、すべてが宝箱だと感じていた。

その夜も眠れなかったので、私は少しうきうきした心持ちで本を手にし、リビングへと下りた。

今や眠れないと、夜通し本を読む言い訳ができたような気持ちになっているのだから、不思議なものだ。

ソファーに座ると、和室にある母の簡易仏壇が目に入った。

今はお彼岸《ひがん》中なので、いつもより多めに花を飾っている。

花の中心で、母が穏やかに微笑《ほほえ》んでいた。

「お母さん……今や私もすっかり、お母さんみたいに本を読んでるよ」

そう報告してから、ページを開いた。

今宵のお供は、『秘密』というタイトル。

著者は、東野圭吾。

いわずもがな、ベストセラー作家だ。あまり本を読んでこなかった私も彼の作品は何冊か読んだことがある。しかし『秘密』は未読だった。

主人公はサラリーマンの男性。妻と娘を乗せたバスが崖から転落、妻は死亡して、娘は意識不明の状態だった。妻の葬儀の夜、娘は目を覚ますのだが、なんと娘の中には、妻の意識が宿っていた。

妻が死んで、生き残った娘の中に、妻の意識が宿る。その際、娘の意識はどこにもない。夫である主人公は、困惑の中、娘の体を纏《まと》った妻との生活を送る——。

この作品は、本当にアッという間に読み切ってしまった。

文体の読みやすさはもちろん、続きが気になって、ページをめくる手が止まらなかったのだ。

最後まで読んだ時に襲ってくる嵐のような強い感情は、形容しがたい。

「すごい作品だった……」

私はおもむろにスマホを手にした。

本を読んだ後は、ついつい、他の人の感想を見てしまう。

『衝撃的なラスト！　涙腺が崩壊した』

『最後、涙が止まらなかった』

そんな感想が続いている。

みんなが言うように、ラストは涙を誘う。

実際、私の目頭も熱くなった。

以前の私なら、号泣していたかもしれない。

「年齢なのかな……」

今や泣けなくなっている自分がいた。

感動しても、悲しみに暮れていても、涙が出ない。

母の葬式でも泣けなかったのだ。

気を取り直して、スマホの画面をタップする。

「忘れないうちに……」

と、本の感想をSNSに投稿した。

これは誰かに向けての発信というより、自分の備忘録だった。それでも未読の人が読んでも差し支えないように、ネタバレは避けている。

感想を投稿して、ほくほくした気持ちでいると、ピコンとスマホが音を立てた。

『投稿見ました。私も「秘密」大好きな作品です。読んだ時、号泣でした』

以前働いていた職場の後輩からのメッセージだった。

一瞬、頬が緩んだが、次に届いた一文を見て、顔が強張《こわば》った。

『真中《まなか》さん、復帰されないんですか？　みんな待ってますよ』

返答に困って、『ありがとう』というスタンプを送る。

ふぅ、と息をついて、私は天井を仰いだ。

「そうだよね。そろそろ、仕事しなきゃ……」

分かってはいるのだが、今は意欲が湧いてこない。

もう眠るつもりだったのだが、後輩からのメッセージを見て、胸が騒いでしまっている。このままベッドに入っても、眠れないだろう。

私は、念のためと持って来ていたもう一冊の本に手を伸ばし、ページを開いた。

しばし読み進めるも、ぐううう、とお腹が鳴り始め、現実に引き戻された。

空腹を誤魔化《ごまか》して文章を目で追うも、お腹の音は大きくなるばかりだ。

「お腹がすきすぎて、頭に入ってこない」

本を置いて立ち上がり、私は冷蔵庫の扉を開けた。

「あぁ、何もない……」

牛乳があれば温めて飲もうと思っていたのだけど……。

今夜は大人しく寝よう。

冷蔵庫を閉めて、小さく息をついたその時。

カリカリ、と窓を引っかく音が聞こえてきて、驚きから私の体がびくりと震えた。

だが、すぐにその正体が分かり、私は頬を緩ませて、窓辺に向かう。

カーテンをめくると縁側に茶虎の猫がいた。

私を見るなり、にゃあ、とか細い声を上げる。

「くーちゃん……」

この辺りを徘徊《はいかい》している猫だった。茶色の毛色に全体に虎模様が入っているのだが、足先だけは靴下を履いているかのように白いため、勝手に『くーちゃん』と呼んでいる。

母が中途半端な親切心で餌や水を与えていたため、時々うちにやってきていた。

『お母さん、飼う気もないのに、そうやって餌をあげるのは、無責任じゃない？』

と、私はよく苦言を呈していた。

『だって、この子は自由でいたいのよ。無理やり飼ったりしたら可哀相』

と、母は言っていた。

猫は自由でいたい生き物なのだから、可哀相だからと保護して家の中に閉じ込めるのは、人間のエゴだ――それが母の持論だった。

そのため、母は訪れた野良猫に躊躇《ためら》いなく餌を与えていたのだ。

母の言い分も一理あるかもしれないが、私にはどうにも疑問が残った。

にゃあん、と鳴いて、前足でカリカリと窓を掻く猫を見て、胸がつかまれる。

つい何か与えたい気持ちになってしまうのも共感できた。

しかし、幸か不幸か、今与えられるものは何もなかった。

「ごめんね、くーちゃん。今何もないの」

そう言うと猫は、にゃあ、と声を上げる。

その返事は、私の言葉を理解したわけではないようだ。

立ち去る様子もなく、ジッとこちらを見詰めている。

「そんなに見られても、本当に何も……」

ふと、今日の昼間は、暑かったのを思い出した。

一度秋らしくなってから再び暑さが襲うと、体も対応できないのだろう。思えば例年、夏を過ぎてからの熱中症患者も多かった。

もしかしたら、この子も喉が渇いているのかもしれない。猫の水分不足は、深刻な健康被害につながるという話をどこかで聞いたことがあった。

私は食器棚から小さめのスープ皿を出し、そこに水を注いで、そっと猫の前に置いた。

猫は警戒もせずに、皿の水を飲み始め、私は縁側に腰を下ろして、その姿を見守った。

猫はぺちゃぺちゃと音を立て、顔のまわりを水だらけにしている。

やがて満足したのか、猫はぺろりと舌なめずりし、軽やかな身のこなしで、歩き去っていった。

「もしかして、本当に喉が渇いていただけなのかな……」

欲しいものを要求して、満足したら立ち去る。

自分の本能に忠実で羨《うらや》ましい。

「まるでお父さんみたいだ」

ははっと笑うも、すぐに笑えない気持ちになり、下唇を嚙《か》んだ。
ぼんやりと小さな庭を眺める。
ふと、外がいつもよりも明るいことに気が付いた。
顔を上げると、大きな月が空に浮かんでいる。
見事な真円――満月だった。
月を眺め、うっとりとした心持ちになるも、ぐうう、と腹の虫は鳴いている。
せっかくこんなに良い月夜なのだ。
そのうち、本格的な空腹感が襲ってくる。
「何か買って来ようかな」
と、私は腰を上げた。

＊

家を出た瞬間、潮の匂いが鼻腔を掠《かす》めた。
海岸沿いに目を向けると、大きなホテルが林立している様子が見える。
まだ起きている人も多いのだろう、明かりがついている窓も多い。
これは、物心ついた時から見ている淡路島《あわじしま》の光景だ。

私の家は、淡路島の西側に建っている。島外の友人に、『淡路島に泊まりに行くんだけど、東側と西側、どっちがおすすめ？』と問われることがある。東側は日の出が、西側は日の入りが綺麗《きれい》に見られるため、『日の出を拝みたいなら東側で、日の入りを眺めたいなら西側かな』と、答えていた。

つまり、その人の好みであり、私としてはどっちもおすすめだ。淡路島は今も昔も観光地として人気が高いが、特に近年は話題の施設やお洒落な飲食店ができて、さらに盛り上がっている気がしていた。

「そういえば、夜遅くまでやってるパン屋さんができたんだよね」

あれはたしか、東側だった。

私はスクーターに乗って、淡路島の西から東へと走る。

海岸沿いを離れた途端に、どこにでもある田舎の住宅街の景色になる。家の近所には学校や幼稚園があるため、昼間はそれなりに賑やかなのだが、夜の帳《とばり》が下りると、昼間の喧騒が嘘だったかのように静かだ。

私は、真っ暗な幼稚園の横を走りながら、懐かしさに目を細めた。

この幼稚園には、私も通っていたのだ。

途中から、保育園へ転園したため、最後までいることはなかった。

幼稚園の先生はとても優しくて、友達もたくさんいたし、保育園には行きたくなかったのだけど、そうは言っていられない事情があった。

あの日のことは鮮明に覚えている。

夕陽が差し込むリビング――。

父はソファーに座っていて、母は隣の和室で洗濯物を畳んでいた。

私は廊下で遊びながら、なんとなくリビングを覗いていたのだ。

『みんな立て続けに亡くなってしまって、介護や通院と大変だったけど、それが一気に終わってしまうと、なんだか気が抜けてしまうわねぇ』

祖父母は父方も母方も、私が幼稚園の頃に亡くなっている。

最後に亡くなったのは、父方の祖父だった。

あれはおそらく、祖父の四十九日が過ぎた頃だったのだろう。

母は気が抜けたような声を出していたのだ。

父はソファーに座った状態で黙ってその言葉を聞いていた。かと思うと、急にソファーから下りて、母に向かって土下座をしたのだ。

『えっ、どうしたの？』

母は驚いたように、父を見た。

その時の母の声は、戸惑いの中に嬉しさも含まれていたように思う。

大変な思いをさせてすまなかった、と父が頭を下げたと思ったのだろう。こっそり窺《うかが》っていた私も、『お父さんが、お母さんにお礼をしている』と感じたのだ。

しかし、そうではなかった。

『すまない、別れてほしい』

えっ、と母が訊き返す。

『どういうこと？』

『ひとりになりたい。本当に申し訳ない、別れてほしい』

その言葉を受けて、母はしばし黙り込んでいた。

大人になってから、私はこの場面を振り返っては、何度も考えたものだ。

もし、夫になった人からそんな申し出を受けたら、私はどんな反応をするのだろう？

そして、世の女性は、どんな対応をするのだろう？　と――。

母の反応は、おそらく至極《しごく》真っ当なものだった。

最初は呆然《ぼうぜん》としていた。ややあって声を震わせながらも冷静に、どういう意味なのか、なぜなのかと問うた。父が理由を言わず『別れてほしい』としか繰り返さずにいると、母は烈火のごとく怒りをあらわにした。

『そんなの納得いかないわよ！』

と、勢いよく立ち上がって、怒声を上げる。

当時、幼かった私は、その光景を息を呑んで見ていた。

母がどんなに問い詰め、責め立てても、父は一言も発することなく、亀のように蹲《うずく》まったままだった。

その後も、ゴタゴタ揉めたようだけど、幼かった私はその場面は見ていない。

結果だけ言えば、父は家を出ていき、私たちはそのままこの家に住み続けた。

家が父の慰謝料だったそうだ。

それだけ聞くとこれまでの日常から、父だけがいない生活になったようだが、変化は多岐にわたった。

母が働きに出始めると、私は幼稚園から保育園へと転園し、明らかに余裕のない生活になったのだ。

懐かしい幼稚園を通り過ぎると、小学校が見えてくる。

小学校時代を振り返ると、あまり良い思い出はない。

私の父が突然家を出ていったというのは、なんの変哲もない田舎町には結構なニュースだった。

小学生は、なかなか残酷なものだ。それなりに知恵をつけてきながらも、人への配慮ができるほどは成長していない。

『ねぇ、真中さんのお父さんって、家出したって本当?』

当時、掛けられた言葉が頭の中で鮮やかに蘇り、私は頭を振った。

少し走ると、今度は大きな石の鳥居が見えてきた。

伊弉諾《いざなぎ》神宮だ。

祭神は、イザナギノミコトとイザナミノミコト。

日本神話の国産み、神産みに登場する夫婦の神様である。

神話ではイザナギノミコトとイザナミノミコトが最初に産んだのが、この淡路島だという。国や神を産みだすという大仕事を終えたイザナギは、最初に産んだ淡路島の幽宮《かくりのみや》に鎮まった——という説に基づいてできたとても由緒のある神社だ。

とても古い神社なのだが、鳥居を含めところどころ比較的新しい。それは阪神・淡路大震災の際、倒壊してしまい、その後に再建されたためだ。

母を含め、地元民は、ここを『一宮《いっく》さん』と呼んで親しんでいる。

夫婦の神様を祀《まつ》っている神社ということで、『縁結び』のご利益で知られていた。

「でも、離婚してるじゃん」

と、私は思わず、毒づく。

日本最初の夫婦といわれているイザナギノミコトとイザナミノミコトは、最後は別れているのだ。

それも、うちの両親など比ではない、壮絶な喧嘩《けんか》別れである。

伊弉諾神宮の前を通ったことで、再び父と母の最後の喧嘩を思い出してしまった。

離婚後、父は淡路島を出て行ってしまった。

島に残った母は苗字を変えず、父の姓——真中のままでいた。

子どもの頃は、苗字が変わらなくて良かったと思っていたし、私が育った家に住み続けられるよう、配慮してくれたことだけは父に感謝していた。

だが、今になって思えば、旧姓に戻して家を出て、私たちもこの島を離れた方が良かったのかもしれない。

誰も知らない地に移り住んで、一からやり直す方が、どれだけ楽だっただろう？

何もかも事情を知る人たちに囲まれて生きるというのは、窮屈《きゅうくつ》なものだ。

あれは、高校生の頃だった。

学校帰り、近所に住む母の友人に呼び止められた。

『まぁ、百花ちゃん、随分お勉強がんばっているそうじゃない。もしかして神戸のいい大学に行きたいと思ってる？　感心だけど、それだとやっぱりお母さんも大変じゃないかしら。一人暮らしもお金がかかるし、奨学金というと聞こえがいいけれど、返していかなきゃいけないわけでしょう？　お母さんも百花ちゃんがいなくなったら、どうしよう、って言ってたわよ』

驚いて、息が詰まった。

彼女が言う通り、私は当時、勉学に励んでいた。

父親に逃げられた家庭ということで、私たち母娘は常に同情や好奇の目に晒《さら》され続けた。私たちは何も悪くないのに、常に肩身の狭い思いをしてきたのだ。

塾に行く余裕もない環境で、それでも私が優秀だったら、母も喜んでくれるかもしれないと思っていた。しかし、そうではなかった。

母はがんばっている私を見て、『もしかして、家を出るつもりではないか』と不安に感じていたのだ。

それでね、と彼女は続ける。

『おばさん思ったんだけど、島の看護学校へ行って、看護師さんになるというのはどうかしら。しっかりと手に職をつけるって強みよ。この小さな町にも病院はたくさんあるし、就職先には困らないわよ』

これは、母の仕込みなのだろう。

母は常に、『手に職をつけておけば良かった』と言っていたのだ。

瞬間的に反発を感じたけれど、一呼吸置くと彼女の言葉に納得もした。

母を残して、神戸の大学へ進学したところで、先は不透明だ。

それならば、食べていくのに困らない資格を取得した方が確実だろう。

帰宅後、私は母に看護学校に進学しようと思うと伝えた。

看護師になって家から通える病院に勤めるつもりだと言うと、母は涙を流して喜んでくれた。

その姿を見て、これで良かったんだ、と私は安堵《あんど》した。

私が看護師になってから、母は仕事を辞め、家事に専念するようになった。

母のおかげで、私も伸び伸び仕事ができた。

母娘二人三脚の生活は、上手くいっていたのだ。

しかし、変化は訪れる。

自分には無縁だろうと思っていたのだが、二十三歳の頃、私は恋をした。

相手は入院患者だった。

建築会社に勤める青年であり、大型ホテルを建設するため、島にきていた作業員だった。工事現場の作業中、事故で骨折したという。

たまたま、私の勤める病院に運ばれて、そのまま入院したが、島外の人間だった。

ドラマや漫画の世界では、『看護師と患者が恋に落ちる』というシチュエーションを時々見るが、私の周りでは滅多にないことだ。

私は最初、彼をまったく意識していなかった。

どこかで恋を諦めていた私は、すっかり俳優や二次元にばかり夢中になり、自分の容姿を棚に上げて、相手の見た目の良さに重きを置いていたのだ。

彼の容姿ははっきり言って、ごく普通だった。町を歩けば、どこにでもいるような雰囲気であり、年収もおそらく私と変わらないだろう。

彼は私にとって数多く出会ってきた患者の一人であり、ときめく要素がなかった。

『百花さんっていうんですね。可愛い名前ですね』

彼は、人との距離感が近い人だった。

こういう人って時々いるよなぁ、というのが最初の感想だ。

彼は私を見掛けるたびに、何かしら声を掛けてきた。

『百花さん、この町で美味しい店ってありますか？』

その問いに答えると、

『それじゃあ、退院したらその店、一緒に行きませんか？』

その時、初めて胸がどきどきした。

実際に誘われるというのは、恋愛初心者にとって、なかなかの威力だったのだ。

あれこれ掲げていた理想が、簡単に吹き飛んだ気がした。

『あ、はい。私で良かったら……』

と、ぎこちなく、うなずいたことからスタートした恋愛――。

退院後、彼は実家ではなく、現場に戻った。まだ、ホテルの建設が続いていたためだ。

作業期間中は、淡路島の民宿に滞在しているという。

そんな彼の実家は、静岡だという。『富士山がよく見える自然豊かな良いところだよ。大好きな町なんだ』と話していた。

つまり、現場が終われば、彼は静岡に帰ることになる。

私は最初、期間限定の恋愛になるだろうと覚悟をしていた。しかし、彼が静岡へ帰ってしまっても、私たちの関係は終わらなかった。

毎日のように連絡を取り合い、休日は中間地点で待ち合わせをしてデートを重ねた。

遠距離恋愛とは、なかなか良いものだ。会えない間、想いを膨《ふく》らませ、会っている時間は大いに盛り上がり、別れを惜しみ合う。

そんな風に時を重ね、やがてお互い仕事で忙しく、会うのが困難になってきた頃、

『結婚して、一緒に暮らそうか』

と、彼はついにプロポーズをしてくれた。

嬉しかった。

けれど、手放しで喜べなかった。

彼と結婚するなら、私は家を出なければならない。

彼は、実家の敷地に家を建てよう、と話していた。

彼の両親は気さくで良い人たちだった。完全な同居ならば躊躇うけれど、広い敷地に

家を建てる、その距離感ならば上手くやれそうだ。

また、医療従事者としての資格を持つ私は、どこに行っても働き口には困らないだろう。そういう不安はない。

だが、母はどうなるのだろう？

『私は結婚して家を出るから、お母さんはまた働きに出てね』

今さら、そんなことを言ったら、母はどう思うのだろう？

今や母は無職であり、一人で生活できるほどの年金ももらっていない。

私がいなくなったら母は一人で生活できないだろう。だからといって、結婚後、母が普通に暮らせるほどの仕送りが私にできるとは思えない。

私は私で、家庭を築いていかなければならないのだ。

そんなことをぐるぐる考えて、私は迷い続けた。

それでも、彼を選ぼうとしていたのだ。

自分の人生だからと——。


ある夜のこと。

私は母に伝えよう、と決意を固めて、リビングの扉を開けた。

その時、母は縁側に座って、月を眺めていた。

私はごくりと喉を鳴らし、頭の中で伝える言葉を練習する。

――お母さん、私ね、彼と結婚したいの。この家を出ようと思う。

昔よりも小さくなった母の背中に、ズキズキと胸が痛んだ。

いきなり切り出すよりも、世間話をしようと、私は母の隣に腰を下ろす。

『物思いに耽《ふけ》って、どうしたの？』

そう訊ねると、母ははにかんだ。

『私の人生辛いことが色々あったけど、あなたがいてくれて、全部帳消しだと思って。今だから言うけど、お父さんに捨てられたあとは、孤独感が酷くてね。何度も何度も死んでしまいたいと思ったのよ。でも、あなたがいてくれたから、踏みとどまれた。百花、ありがとう』

その言葉を聞いて、私は何も言えなくなった。

私まで母を捨てるわけにはいかないと強く思ったのだ。

それから約二十年、母と二人で生活してきた。

時折、どうしようもない寂寥《せきりょう》感《かん》に襲われることがあったけれど、それなりに楽しく、充実していたように思える。

母の病気が判明し、余命いくばくもないことを知ったのは、約一年前。

私は、仕事を辞めて、母の世話に徹した。

残り僅かな母の人生に付き添っていてあげたかった。

そうして、母は夏の始めに、逝《い》ってしまった。

それから私は、ぼんやり過ごしている。

葬式には、元同僚が何人も訪れて、『大変だったね』と声を掛けてくれた。

『仕事は復帰するの？　真中さんが帰ってくるの、待ってるよ』とも。

その言葉に、私は曖昧《あいまい》な笑みを浮かべて相槌《あいづち》をうった。

病院は常に人手不足だ。人を雇っても、新人が一人前になるまでは、何年もかかる。

ベテランに戻ってほしいという現場の事情は理解できたし、求められるのは私もありがたかった。

しかし、まだ、復帰する気持ちになれない。

これまでずっと実家にいて、特に贅沢《ぜいたく》もせずに暮らしてきたため、貯金はそれなりにある。職場にはその気になれば、いつでも戻れる。そんな慢心があるのかもしれない。

まだ、仕事のことは考えられなかった。

「それにしても、お葬式では驚いたな……」

一人の青年が葬儀に訪れたのだ。

『この度はご愁傷様でした』

彼はそう言って、深々とお辞儀をした。

大学生のように見えた。

目がパッチリしていて、可愛い容姿をしている。

誰だろう、と思いながら礼の言葉を返すと、

『すみません。はじめまして、僕は、真中総悟《そうご》と申します』

最初は、同じ苗字なんだ、と思った程度だった。

『最近になって僕に姉がいると父に聞かされました。それで会いたいと思って調べてまして……』

息が止まるかと思った。

その子は、出て行った父の息子――私の異母弟だった。

大学生のように見えたが、年齢を聞くと、三十歳。プログラマーであり、プロダクトデザイナー（生活雑貨から家電、車に至るまで、あらゆるものを設計し、デザインする）でもあるという。

私よりも十五歳も年下だった。

父が家を出て、四十年になる。

何度か連絡が来たことがあったが、中学入学の際に、

『もう連絡しないでください』

と、伝えてしまってからは、音沙汰《おとさた》がなかった。

それは、思春期が故の反発だ。私が学校を卒業するまで養育費をちゃんと払っていたのだから、あんな風に突っぱねなければ良かった、と何度か後悔したものだ。

そのため、私は、父の状況を一切分かっていなかった。

もしかして、父は長い間ひとりでいたのだろうか？

そう思い、思わず訊ねてみると、彼は申し訳なさそうに首を横に振る。

『いえ、父と母が出会ったのは四十年前だそうです。長い間、子どもを授かることができなくて、ようやくできたのが僕だと――』

四十年前――。

父が家を出ていった頃だ。

当時、父はひとりになりたかったわけではなく、やはり好きな人ができて出ていったのだ。母が亡くなってそれが明らかになった。

『本当は会いに来るべきではないと思ったのですが、どうしても直接謝罪したく……』

彼は苦しそうに言って、私に深く頭を下げた。

私は、わざわざありがとうございます、と答えた。

どうぞ、お線香をあげてくださいと……。

彼を前にして、私はとても不思議な心持ちだった。

怒りも悲しみも喜びも感じなかったのだ。

まるで、ぽっかりと胸に穴が開いていて、感情のすべてが零《こぼ》れていっているかのように……。

実際、ああいう場面に遭遇すると、人はそんな風になるのかもしれない。

目的のパン屋さんの前まで来たが、運の悪いことに今日は臨時で休業していた。

私は店の前まで来て、残念、と洩らす。

そのまま家に戻る気にならず、海岸沿いにある遊園地の駐車場にスクーターを停めて、海を眺めていた。遊園地はとっくに閉まっているのだが、駐車場エリアは自由に入ることができるのだ。

入場ゲートの向こうに、大きな観覧車が見えた。

「懐かしい」

このパークには、たくさんの思い出がある。

両親が離婚する前、父と母と三人で遊びにきていたし、彼と付き合っていた時にも、ここを訪れていた。

楽しかった思い出しかないため、一人になってからは、来る気にはなれなかった。

そんな私の複雑な気持ちのせいだろうか、満月の明かりの下、ぼんやりと浮かぶ観覧車のシルエットは、どこかもの悲しい。

「ってことは、最後に来たのは、二十年前か……」
私はもう四十五歳になってしまった。
そして、まだ、四十五歳でもある。
今の日本人女性の平均寿命は約八十七歳。
私はこれから、四十年以上生きなければならないのだ。
どう生きていいのか分からない。
「私は、お母さんのために生きてきたんだなぁ」
これまで決して口にできなかったことをつぶやいてみる。
私の小さな吐露は誰に聞かれることもなく、夜の蒼《あお》の中へと吸い込まれていった。
ふと、『モモ』を思い出す。
栄華《えいが》を極めた街も、時と共に朽ちていったのだ。
それは人間関係——家族においても同じで、ふとした綻《ほころ》びから壊れてしまう。
それならば、最初から作らない方がいい。
自分の家族を新たに持たなかった、私の選択は正しかったのだろう。
「さて、帰ろっかな」
スクーターに戻りかけた時、どこからか、にゃあん、と鳴き声がした。
声がした方向を見ると、猫がちょこんと座っている。

全体は茶虎で、足先だけが靴下を履いているかのように白い。

間違いなく、くーちゃんだ。

「えっ、くーちゃんは、こんなところまで来てるの？」

くーちゃんは、ちらりと私を見ると、まるで案内するように走り出す。

私はなんとなく、つられるように彼の後を追った。

くーちゃんは遊園地の入場ゲートをひょいっと越えて、園内へと消えていった。

「ゲートの中には入れないよ……」

肩をすくめて顔を上げると、観覧車がゆっくりと動いているのが分かった。

「風に揺れているのかな……？」

しかしよく見ると、観覧車の中に誰かが乗っているようだ。

もしかして、スタッフが点検をしているのだろうか？

「こんな夜更けに？」

目を凝らして確認していると、ぱっ、ぱっ、と観覧車の明かりが点いた。

一つずつブレーカーのスイッチを入れていったかのように、少しずつ観覧車の照明が点いていく。観覧車の明かりがすべて点いた次の瞬間、メリーゴーランドの照明も点き、一気に明るくなった。

メリーゴーランドは、陽気な音楽が流れるとともに、くるくると回り出す。

どういうことだろう？

気がつくと、先ほどまで閉ざされていた入場ゲートが開いている。

「…………」

私も恐る恐るゲートを通り、パーク内に足を踏み入れた。

入ってすぐに、広場があり、そこに、トレーラーカフェがあった。

『満月珈琲店』という看板が、車の前に置いてある。

トレーラーの周りにはいくつもランタンとテーブルがあり、キツネの着ぐるみやクマの着ぐるみを着た人たちが、ビールやワインを飲んで笑い合っていた。

本物にしか見えないよくできた猫のロボットが弦楽器を奏でたり、風船を配ったりしている。

猫から風船を受け取り、駆け回る子どもたちの影も見えた。

まるで、カーニバルだ。

奇妙なのは、動物の着ぐるみを着ている人たち以外――多くの人が、半透明の黒い影であることだ。

頭から足先まで、影絵のように真っ黒なのである。

目も鼻も分からないのに、口の形だけは切り抜かれているように開いているため、喋《しゃべ》っていたり、笑っていたりするのは分かった。

猫たちの演奏が終わり、影たちは一斉に拍手をする。

弦楽器を手にしていた黒猫、シャム猫、真っ白いペルシャ猫、赤毛の猫は深々と頭を下げた。

――さあさあ、今宵はジュピターが喜びの歌を歌ってくれるよ。

一匹の細身の猫が声を上げると、わっ、と歓声が沸き起こる。

大きな猫が悠々と歩いてきて、マイクの前に立った。

あの子が、ジュピターなのだろう。

ジュピターは、喉の調子を整えてから、ゆっくりと歌い始めた。

曲は、『Joyful《ジョイフル》 Joyful《ジョイフル》』。

迫力のある美声に気圧《けお》されていると、

「ようこそ今宵の宴《うたげ》へ」

と、二メートルはあるだろう、大きな三毛猫がやってきて、お辞儀をした。

落ち着いた男性の声だった。

今の着ぐるみは、本当によくできている。

私が驚きから、声を発することができずにいると、彼はにっこりと微笑んで言う。

「私は、主に満月の夜に出店している『満月珈琲店』のマスターです。お掛けになりませんか？」

そう言って、マスターを名乗る大きな三毛猫は、椅子を引いた。

「あ、はい」

私は戸惑いながらも、椅子に腰を下ろす。

「あの……満月の夜は、いつも、ここに出店しているんですか?」

「いいえ。『満月珈琲店』には、決まった場所はございません。時に馴染みの商店街の中、終着点の駅、静かな河原と場所を変えて、気まぐれに現われます」

今日はたまたまここに出店したようだ。

座ったからには、何か注文しなければならないだろう。

そもそも私は、空腹だったのだから、ちょうどいい。

「あの、メニューを見せていただけますか?」

そう問うと、マスターは少し申し訳なさそうに首を横に振る。

「当店は、お客様にご注文をうかがうことはございません」

「えっ、どういうことですか?」

「私どもが、あなた様のためにとっておきのスイーツやフード、ドリンクを提供いたします」

つまりは、お任せということだ。それも面白い。

「では、お願いいたします」

そう言うとマスターは、少々お待ちください、とトレーラーの中へと戻っていく。

周囲を見回すと、黒い影たちはうっとりとジュピターの歌声に聞き入っていた。

彼らの姿はよく見えないのに、手にしている飲み物や食べ物はハッキリと見える。

大人と思われる黒い影は、藍《あい》色のビールや金色のシャンパンを、テーブルについている子どもの影は、丸いアイスクリームやミントの色をしたジェラートなどを嬉しそうに食べている。

「美味しそう……」

思わず洩らすと、近くにいた真っ白いペルシャ猫が、うふふ、と笑った。

先ほど、広場でバイオリンを弾いていた猫だ。今はスタッフになっているようで、オレンジ色のビールジョッキを載せたトレイを手にしている。

「あれは、『満月のアイスクリーム』と『あら波のジェラート』ですよ」

ペルシャはそう言うと、奥のテーブルにビールを運んで行った。

「……夢を見てるのかな？」

狐につままれたような気持ちで眺めていると、くーちゃんがやってきて私がいるテーブルの上にちょこんと座った。ランタンの明かりに照らされたくーちゃんの影はとても大きく、茶虎の毛は金色に光って見える。

「くーちゃん……」

私は、くーちゃんの額《ひたい》を指の腹で優しく撫《な》でる。

思えば、この子が縁側に来た後、私は外に出た……つもりだったけれど、実際は寝てしまったのかもしれない。

そんなことを思っていると、トレーラーの扉が開く音が聞こえて、私は顔を向けた。

中から出てきたのは、きりっとした表情のハチワレの猫だった。

猫の小さな手で器用にトレイを持ち、私のテーブルまでやって来た。

一体、どんなメニューが届くのだろう？

少しわくわくしながら、待っていると、

「お待たせいたしました。星屑《ほしくず》ブレンドのコーヒーです。お連れ様には猫用ミルクを……」

ハチワレはそう言って私の前にコーヒーカップを、くーちゃんの前にミルクが入った皿を置いた。

えっ、と私は目を瞬かせた。

どんなメニューが来るかと思えば……。

「コーヒー、ですか？」

私が拍子抜けしているというのに、ええ、とハチワレは胸を張ってうなずいた。

「当店のとっておきですよ」

はあ、と私は洩らして、カップに目を落とす。

星屑のブレンドというだけあって、黒いコーヒーの中にキラキラと星のようなものが光り輝いている。

金粉かと思ったけれど、色は金色、銀色、赤、青、緑、と様々だ。

私がカップに手を掛けたその時、

「まあまあ、マスターがコーヒーをお出しに？」

と、先ほどまでステージで歌っていた猫、ジュピターがやってきて驚いたように言う。

ハチワレが、そうなんです、と感慨深そうに首を縦に振った。

まぁ、とまた驚いた声を出すジュピターに、私は小首を傾《かし》げる。

「ああ、ごめんなさいね。当店は『満月珈琲店』という名前だけどお客様にコーヒーをお出しすることは滅多にないの」

と、ジュピターは話しながら、私の向かい側の椅子に腰を下ろした。

「えっ、そうなんですか？」

「そうなのよぉ。当店のコーヒーを飲めるのは、選ばれたお客様ね」

と、ジュピターは賞賛するように言う。

「どうして私が？」

再び小首を傾げると、ハチワレが答える。

「あなたが一つのステージを終えたからでしょう。がんばりましたね」

彼らは、私について何も知らないはずだ。

それなのに何もかも知っているような口調で、温かい眼差しで労《いたわ》ってくれている。

がんばりましたね、という言葉が胸に刺さって、思わず涙がこみあげそうになり、ぐっと耐えて、コーヒーを口に運んだ。

美味しかった。

苦いはずのコーヒーが甘く感じられ、心と体にじんわりと沁みていく。

キラキラと光る星屑たちが、自分を包んだように感じた。

「美味しいです……」

その言葉を口にした時、不意に涙が零れた。

母の病気が判明した時も、母が亡くなった時も、葬儀であの青年が頭を下げた時も涙が出なかったのに……。

涙を拭って、もう一度コーヒーを口に運んだ。

「私、ずっと泣けなかったんです」

これまで泣けなかったのは、ずっと気持ちが張り詰めていたからだと気付いた。

「もし、泣いてしまったら……一度地に膝をついたら、もう立ち上がれなくなりそうで怖かった……」

そう言うと、ジュピターが席を立ち、そっと私に寄り添った。

「違うわ。立ち上がって前に進むために、涙は必要なのよ。なんでも外に出して流さないと、自分の中の心の水が淀《よど》んでしまうものよ」

そうかもしれない。

「私の人生、ずっと溜め込んできたんです」

同級生に遠慮のない言葉をぶつけられた時、私は傷付いたけどへらへら笑っていた。

近所のおばさんに無遠慮なアドバイスをされた時も同じだった。

母に、彼と結婚したいという言葉さえ言えなかった。

その旨を伝えると、

「それは、残酷な思いやりだね」

そう言ったのは、ジュピターでもハチワレでもなく、それまでテーブルでミルクを飲んでいたくーちゃんだ。

私は驚いて、くーちゃんを見る。

くーちゃんは、前足で顔をこすりながら話を続けた。

「君のお母さん、よく言っていたよ。『百花はなんでも我慢する子だから』って。『なんでも言ってほしいのに』って」

その言葉を受けて、急に怒りが込み上げる。

「お母さんが、私をそうさせてきたの。近所の友達を使って私が島外の大学に行ったりしないよう操作したり、私が結婚して家を出たがってるのを知っていて、あえて同情を誘うようなこと言ったり」

私が強い口調で言うと、くーちゃんは首を横に振った。

「君のお母さんは、そんな器用な人じゃないよ」

ずばりそう言われて、私は言葉に詰まった。

「近所のおばさんは、きっと君が優秀だから妬《ねた》んだんだ。自分のところの子どもより、君が良い大学に行ってほしくなかったんだと思う。そして、君のお母さんは、君がもし『結婚して家を出たい』と言ったら、ちゃんと祝福してくれたはずだよ」

なんで……、と私の体が震える。

「あなたにそれが分かるのよ」

「だって、ずっとお母さんは、胸を痛めていたから。娘に申し訳ないって」

そう言われて、私は言葉に詰まった。

するとハチワレが、私の背中に軽く手を当てた。

「百花さん、あなたは自分が犠牲になったと思っていますか？」

「……思っていない、と言えば、嘘になります」

でも、と私は続ける。

「『犠牲』と言われると、少し違う気もします」

「後悔していますか？」

そう問われて、私は微《かす》かに首を傾げる。

「看護師になって良かったと思っています。彼と結婚しなかったのも、私が決めたことですし……」

彼と母を両天秤にかけた結果、私は母を選んだのだ。母側の天秤には、生まれ育ったこの島への想い、居心地の良い職場も乗っていた。

もし彼が、この島の住人だったら、結果は違ったのかもしれない……。

そう思えば、縁がなかったのだろう。

「それでも、もやもやは残っているのですね？」

ハチワレの問いに、私は黙って首を縦に振る。

「それは何に対して、もやもやしているのですか？」

さらに訊かれて、私はこれまでを振り返り、そうですね、と夜空の満月を仰いだ。

「……ちゃんと話し合わなかったことを後悔しています」

結果は同じだとしても、ちゃんと相談すれば良かったのだ。母に『結婚したい人がいる』と、彼に『どうしてもこの島を出たくない』と言ってみれば良かった。

どうせ駄目に決まっている、無駄な言い争いはしたくない、と勝手に決め付けて。

もし逆の立場なら、そんな気遣いをされても嬉しくないのに……。

「よく気付かれましたね。これからの人生は、ちゃんと話し合ってください」

と、ハチワレは言う。

「えっ、でも、誰と？」

「他の誰とでもなく自分自身と話し合って納得のいく結論を出すのですよ。まず、自分を説得して、自分の結論に納得することが大切です。そうして自分の人生に責任を持つんです」

そう言ったハチワレに、ジュピターが、ふふふと笑う。

「あら、サーたん。それは、サラ様の受け売りかしら？」

「わたしも常々、同じように思っていましたよ」

と、ハチワレは少し面白くなさそうに顔をしかめている。

たしかに、これまでの私は、自分で決断した振りを続けてきた。

それでいて、母のせいだと心のどこかで責任転嫁してきたのだ。

自分の人生に責任を持つ――。

その言葉が、ズシンと自分の中に響いた。

肝《きも》に銘じます、と肩をすくめて、私はもう一度コーヒーを飲んだ。

「だけど、今の私はなんだか、力が抜けて空っぽで……、これからどう生きて良いのか分からなくなっているんですよね……」

　ぽつりと洩らした時、トレーラーの扉が開いて、三毛猫のマスターが姿を見せた。

彼はトレイを手にこちらに向かってきて、私の前に白い箱を置いた。

中を覗くと、四角いスイーツが見える。

ベースは白でその中にラズベリーやナッツが入っていた。

「お待たせしました。『銀河のカッサータ』です。イタリアの伝統のお菓子です。クリスマスの定番でもありますが、こちらは当店風にアレンジしております。レモン風味に仕上げたチーズケーキのような味わいの生地に、星のかけらを鏤《ちりば》めました。フルーツは銀河を旅した仲間があちこちの星で採ってきたものです」

　ロマンチックな言い回しに、私の頬が緩む。

　いただきます、とスプーンを手にして、カッサータを一口食べる。

　ひやりと冷たい。まるでアイスのようなチーズケーキだ。

　口どけがほどよくなめらかであり、ベリーの甘酸っぱさとナッツの香ばしさ、ドライフルーツの食感がたまらなく、星屑のコーヒーとの相性も良い。

「すごく、美味しいです……っ」

　私は口に手を当てて言う。

　こんな美味しいものは食べたことがないと感じるほどに、美味しい。

三毛猫のマスターは、ふふっ、と笑う。

「先ほど、どう生きたら良いのか分からない、と仰《おつしや》っていましたね？」

どうやら話を聞かれていたようだ。

私は、はい、と苦笑する。

「あなたは今、ちょうど惑星の年齢域が変わる時です。切り替え時期は皆さん、迷いがちですが、あなたは大きな出来事があったから、余計になんでしょうね」

惑星の年齢域？　と私は訊き返す。

「この地球と共にある太陽系惑星、そこに月と太陽も加わり、月、水星、金星、太陽、火星、木星、土星、天王星、海王星、冥王星は、人の人生に寄り添っているんですよ。ちなみに冥王星は近年準惑星になってしまいましたが、我々は今も『惑星』とみなしております」

そう言うとマスターは、惑星の年齢域の説明を始めた。

『月』生まれてから七歳までの期間。

『水星』八歳から十五歳。

『金星』十六歳から二十五歳。

『太陽』二十六歳から三十五歳。

『火星』三十六歳から四十五歳。

『木星』四十六歳から五十五歳。

『土星』五十六歳から七十歳。

『天王星』七十一歳から八十四歳。

『海王星』八十五歳から死に至るまでであり、

『冥王星』死の瞬間、死後。

「星たちはそれぞれの時期に適した学びを与え、サポートします。太陽期まで来て、ようやく成人です。それまでの学びを活かし、ようやく自分の足で人生を歩み出します」

そして、とマスターは続ける。

「あなたは今、四十五歳。火星期の終わりです。火星期は成人したての太陽期を経て、大人として勢いよく駆け出し、能力を発揮できる期間です」

「人間界では、『働き盛り』なんて言うわよねぇ」

と、ジュピターが言う。

三十六歳から四十五歳までたしかに私は、仕事に没頭した。

「あなたは、そんな火星期――火の玉のような期間が終わるところなんです。気が抜けたようになってしまうのも、そもそも無理はないんですよ」

マスターの言葉が終わらないうちに、ジュピターが前のめりで言った。

「これからのあなたは、木星期に入るのよ」

はぁ、と私は洩らす。

「それって、どういう時期なんですか？」

そうねぇ、とジュピターは腕を組む。

「大雑把《おおざっぱ》なテーマは、『受容』と『拡大』ね」

そう言われてもピンとこず、私は曖昧に相槌をうつ。

「ほら、四十五年も生きてきたら、色々あったでしょう。良いことはもちろん、許せないことや、忘れたいこととか」

私は首を縦に振り、苦笑して訊ねた。

「そういった過去のすべてを許していけと？」

「それができるなら一番だけど、『許した振り』が一番厄介だったりするものよ。本当に入って、『許した振り』ばかりして、歪《ゆが》んでいくから」

やだやだ、とジュピターが肩をすくめる。

心当たりがあり、私の頬が引きつった。

「それじゃあ、どうしたら？」

「そうね。許すんじゃなくて、一旦受け止めるの」

「受け止める……」

そう、とジュピターは小さな指を立てる。

「良くも悪くもそれが自分の人生に起こったことで、今の自分を形成している。良いところも駄目なところも、全部自分なんだってね。それが『受容』ってわけ」

ええ、とマスターは同意した。

「『受容』とは、このカッサータのようなものです。甘いもの酸っぱいもの、これまで自分が得たものすべてをつめこんで出来あがる」

長い人生、色々あった。

許せるものも、許せないものもある。

それでも、そうしたすべてを経て、今の自分がある。

『それでいっか』と思うのも、木星期の『受容』なのかもしれない。

「それじゃあ、『拡大』って？」

「それは、『受容』の結果ね」

と言ったジュピターに、私は眉根を寄せた。

よく分かっていないのを感じてくれたようで、マスターが笑顔で説明をしてくれる。

「つまり、自分のこれまで生きてきたすべてを受け止められたら、後は自然と『拡大』していく、そんな時期なんですよ。木星は人々に恩恵を与える性質の星なので、この時期に納得して始めたことは上手くいきやすいです」

ただ、とハチワレが続けた。

「木星の場合、大体が良い形での拡大を意味するのですが、時に怠惰《たいだ》の拡大もあるので、どうかそこは気を付けて」

「怠惰の拡大って?」

「たとえば……太ってしまったりね」

ジュピターが、てへっ、と舌を出した。

なるほど。自分を許し、大きく受け止め続けていると、体が拡大してしまうこともあるのだろう。

たしかに、木星期の年代はふくよかな人が多い。

私が妙に納得していると、マスターが話を続けた。

「人生に迷子になってしまった時は、惑星の星座を見るとヒントにつながりますよ」

惑星にもそれぞれ星座があるのだ、とマスターは説明してくれた。

私が、へぇ、と相槌をうっていると、

「たとえば、あなたが、これまでがんばってきた期間、三十六歳から四十五歳頃までの火星期を見てみましょう。あなたの火星の星座は『蟹座』です。蟹座は、自分の居場所や家族を示す星座。あなたの火星の期間は、自分の居場所とご家族のために懸命に働いた。それは自分の星座が示す方向性とピッタリ合っていた行動だったため、とても上手くいっていたのではないでしょうか」

そのものずばりであり、私の喉がごくりと鳴った。

三十代半ばから、四十代の初めまで。母のためにと大義名分を掲げて、私はとにかく仕事をがんばることができたのだ。仕事は評価されたし、自分の誇りでもあった。

だが、その期間が終わり、私は迷子になってしまった。

これから私は、木星が管轄する期間に入る。

「私の木星の星座は？」

「獅子座です」

「獅子座……って、どういう星座なんですか？」

「自分を表現し、前に出て輝くことを示す星座です」

「前に出る……」

これまでの人生、前に出ようと思ったことがない。

どうやって良いのか分からず、思わず腕を組んで、考え込んでしまった。

「あなたはずっと自分以外の人——家族のために生きてきました。ですが、これからの人生は良い意味でわがままになり、自分のために生きていくと良いでしょう」

母が亡くなった時、ちらりと頭を掠めたのだ。

これから、自分だけのために生きても良いのかな？　と——。

だが、そんなふうに思うのは不謹慎だ。

母に対して申し訳ない、と振り払っていた。

誰かに強く言ってもらいたかった。

『わがままに好きなように生きなさい』と――。

ですが、とマスターは続ける。

「年齢域が移り変わりましたが、あなたの『火星・蟹座』の火が消えたわけではありません。『火星』というのは、『人生のエネルギー源』でもあります。蟹座のあなたは守るべき存在がいてこそ、がんばれるという素質がそもそもあるのです」

それは心当たりがあった。

大切な存在がいるから、より力を出せていたのだ。

「ですので、私たちからのお願いです」

と、マスターは茶虎の背中に手を添えた。

「どうか、この子を家族に迎えてあげてくれませんか？」

えっ、と私は驚いて、マスターを見詰め返す。

「あの……母は、猫は自由な方が幸せで、可哀相だからと保護するのは人間のエゴだと言っていたんです。その言葉に納得したりできなかったりしていたんですが、実際はどうなのでしょう？」

そう問うと、マスターは小さく笑う。

「本当に自由を好む猫は、人を見ると逃げ出すものですよ」

たしかにそうかも、と私は洩らす。

「何より、あなたのお母様が生きてきた時代と、今では環境が変わっています。町ぐるみで猫を保護している地域ならば自由に生きられるかもしれませんが、そういった取り組みをしていない地域の猫はとても生きにくくなっています。今や野良猫に餌を与える人も少なくなり、食べ物の確保も難しい。さらに一昔前よりも、暑さは格段に過酷。ですので、これからの時代、『縁があったら』で良いのですが、仲間たちを助けてあげてほしいと願っております」

私が弱って額を摩《さす》っていると、あのさ、とくーちゃんが口を開いた。

「百花のお母さん、『百花をもっと自由にしてあげれば良かった』って言ってたんだ。だから、猫に自由をって言ってたのは、その後悔もあったんじゃないかな」

母が、『猫が自由じゃないのは可哀相』と言うのを聞くたびに、実はもやっとしていたのだ。娘のことは縛り付けているくせに、と。

勝手に自分で自分を縛りながら、そんなふうに思っていた。

けれど母のあの言葉の裏にそうした想いがあったかもしれないと知って、胸が熱くなる。

でも、と私は俯《うつむ》いた。

「縁があったら……って、縁なんて、切れるものですよね？」

マスターはそれに対して何も答えず、私を見下ろした。

「伊弉諾神宮は、『縁結び』で知られています。けど、イザナギとイザナミは結局別れている。父と母もそう。それじゃあ、縁ってなんだろうって……」

マスターは、糸のような目を三日月の形に細めた。

「『縁を結ぶ』というのは、かけがえのないものを生み出すということです。それは、『命』であったり、『尊い経験』であったりと様々ですが……イザナギとイザナミも縁を結んだおかげで、この素晴らしい島をはじめとしたたくさんの国と神が生まれました。あなたのご両親もそうです。縁があって結ばれたから、あなたが生まれましたよね」

私は思わず、自分の胸にそっと手を当てた。

もし、とマスターが話を続ける。

「生み出した後も添い遂げられる方は、そういう経験を必要としているということ。そうではなく、離れてしまったとしたら、生み出すという大きな仕事を終えて、卒業したということです。縁が切れたわけではなく、大切な役目を終えたまで。そうして、再び次の縁を結んでいき、新たに尊いものを生み出していく……そういうものなんです。ですので縁を結ぶことにどうか怯えないでください」

ぶるり、と私の体が震えた。

マスターの言葉を受けて、私はこれまで自覚していなかった、自分の奥底に隠れていた本当の気持ちが見えた気がした。

私は、縁を結ぶことを怖がっていたのだ。彼を選べなかったのは、根底に『縁を結んでも切れてしまうに違いない』という恐れがあったから。

母を置いて行けないと言いながら、実際は新たな縁を結ぶ恐怖から逃げただけだった。

だから、話し合えなかった。

もし話し合った結果、母が快く送り出してくれることになったら、私は本当に彼と結婚しなくてはならなくなる。そうなると、母のせいにできなくなるからだ。

縁を結ぶことを恐れる必要はない。

縁は、素敵なものを生み出すために結ぶものだからだ。

私はそっと、くーちゃんに視線を移した。

「ねっ、うちに来る？」

そう問うとくーちゃんは、もじもじしながら答える。

「百花がいいなら……」

どうやら、この子は私と同じで、不器用なようだ。

「……抱っこしてもいい？」

そう問うと、くーちゃんは少し気恥ずかしそうに私の許《もと》にやってきた。

私はおそるおそるくーちゃんを抱き上げる。

その体は、とても温かい。心臓が脈打っているのが分かり、命を預からせてもらう責任を感じた。

それと同時に、がんばらなきゃ、と胸の内側でポッと火が灯された気がする。

これが、私の火星。

私の人生のエネルギー源なのだろう。

「これからよろしくね」

うん、とくーちゃんはうなずく。

良かった、とジュピターは両手を合わせた。

「木星期は拡大。家族が増えるのも拡大なのよね」

そうですね、とマスターはにっこりと微笑む。

ハチワレが満月を見上げて、そろそろだな、とつぶやいた。

何のことだろう、と思っているとビールを飲んだり、走り回ったりしていた黒い影たちが、ゆっくりと立ち上がって、ふわふわと空へと浮かんでいく。

「えっ、どうしたんですか？」

「今宵はお彼岸です。久々に、此岸《しがん》に来て楽しみ、満足した者たちは、彼岸へと還《かえ》っていくのですよ」

黒い影たちは、まるで満月の光に消えていくようだ。

もしかしたら、月の中に彼岸への出入り口があるのかもしれない。

黒い影が旅立っていく様子を眺めていると、くーちゃんはむず痒《がゆ》そうに、にゃあ、と鳴いた。

「どうしたの？」

すると、くーちゃんの大きな影から、黒い影がするりと抜け出てきた。

「えっ、なになに？」

その抜け出た影は、みるみる人の形になって、私の方を向いた。

シルエットだけだというのに、影が微笑んでいるのがハッキリ分かった。

間違いない、と私は息を呑む。

――母だった。

「それじゃあ、もしかして、この子が話していたことって……」

影は、口の上に人差し指を立てた。

それは内緒、ということなのだろう。

母の影は、深々とお辞儀をして、月の中へと吸い込まれていった。

＊

急に息苦しさを感じて、私は瞼《まぶた》を開けた。

目の前は真っ暗で、顔に圧迫感があった。

開いた本が、顔の上に載っていたのだ。

本を手に取って体を起こすと、いつものソファーが目に入る。

カーテンから朝陽が差し込んでいた。

「やっぱり夢だったんだ……」

不思議で、奇妙な夢だった。

夢らしくファンタジックだったけれど、所々リアルであり、彼らとの会話、教わった言葉がしっかり胸に残っている。

「これからは、自分の好きなように生きるかぁ」

何をしたいだろう?

今はとにかく、本を読むのが楽しい。

その欲求にわがままになって、自分が飽きるまでとことん本を読むのも良いかもしれない。

今はきっと、次のステージに向けて、大量のインプットを必要としているのだ。

本が、何かのヒントをくれるかもしれない。

「そういえば、私は、『モモ』のように、みんなの話を本当に聞いてあげることのできる人になりたかったんだ……」

本をたくさん読んで、人の話を聞く、そんなことができる空間に身を置けたら――。

ふと、リビングを見回した。

ここを工夫して、ブックカフェを開くのはどうだろう？

この家は今となっては、一人では持て余しているのだ。

私一人なら、二階だけで十分だ。

母の仏壇も二階に移動させればいい。

本棚を作って、母の蔵書を並べる。

和室はそのまま活かす。

夢の中で飲んだような美味しいコーヒーや、ちょっとしたスイーツを出す。

湧き上がってきた妄想に、わくわくしてきたと同時に、怖さも襲ってくる。

「いやいや、そんな夢みたいなことできるわけがない」

私は我に返って、肩をすくめた。

大人しくしばらく休憩して、元の職場に復帰するのが一番だ。

そこまで思い、『それは、なんのための一番なんだろう?』と思い直す。
一番、確実に生活できる。
それは間違いない。
けれど、一番自分の気持ちに寄り添っているかというと、そうではない。
私はこれまでの人生、すぐにそうやって諦めてきたのだ。
「これからは、木星期。しかも獅子座だ」
なんでも無理だと諦めず、一度、しっかり検討してみるのも悪くない。
「専門家に相談してみようかな」
私は自分を鼓舞するようにソファーから下りて、カーテンを開ける。
縁側には、くーちゃんがちょこんと座っていた。
こちらをジッと見上げている。
思わず、私の頬が緩んだ。
「そうだ、約束したんだったね」
どうぞ、と私は掃き出し窓を開ける。
くーちゃんは、リビングに入る前に私の足に体をこすり付けるようにして、にゃあ、
と嬉しそうに鳴いた。

年齢域の星座から知る過ごし方のヒント	
牡羊座 ♈	自分の感情を素直に表現し、感覚に従って行動しよう。
牡牛座 ♉	自分にとっての心地よさを追求し、五感を満たすことを忘れずに。
双子座 ♊	楽しい交流や新しい情報の収集、好奇心に従って行動しよう。
蟹　座 ♋	家族や親しい人、安心できる場所を大切にしよう。
獅子座 ♌	自分の存在を外にアピール、表現しよう。
乙女座 ♍	完璧を目指す一方、完璧を求めすぎず五感に委ねよう。
天秤座 ♎	自らが欲する学びに忠実になってみよう。
蠍　座 ♏	興味を持ったことをとことん深掘りしてみよう。
射手座 ♐	今この瞬間と冒険心を大切に。
山羊座 ♑	理想へ向かいながら、自分のがんばりを労うことを忘れずに。
水瓶座 ♒	自分らしさを知り、人とのつながりを大切にしよう。
魚　座 ♓	自分の感性を受け入れる。想像力をどんどん解放していこう。

惑　星	年齢域	特　徴
月 ☽	0〜7歳	「感覚」「感性」「心」を育て、自分の心が安定する土台を作る。
水　星 ☿	8〜15歳	社会に入り、「知性」や「コミュニケーション能力」を伸ばす。
金　星 ♀	16〜25歳	「恋」「飾ること」「楽しみ」など好きなものへの感性を高める。
太　陽 ☉	26〜35歳	これまでの学びを経て、人生の目標を見出し、人生を歩み出す。
火　星 ♂	36〜45歳	勢いを持って、人生の目標を具体的に形にしていく。
木　星 ♃	46〜55歳	大きな心で自分のことも人生も受容できるようになる。
土　星 ♄	56〜70歳	今までの実績から、成果を生み出す。
天王星 ♅	71〜84歳	これまでの常識を打ち壊していく。
海王星 ♆	85歳〜死	優しく広い視野で、目に見えない世界へつながっていく。
冥王星 ♇	死の瞬間〜死後	肉体を持った人間から、魂の存在への「変容」を司る。

木星の星座で知るあなたの運が拡大するヒント	
牡羊座 ♈	直感に従って動くことで、可能性が拡大。チャンスが巡ってきたら即座にアクションを起こそう。
牡牛座 ♉	焦らずじっくりと進むこと。歩みは遅くても、確実に実を結ぶ暗示。自分のセンスや価値観を信じよう。
双子座 ♊	興味のあるものを次々と体験していくことがあなたの糧になるので、躊躇わずに軽やかに動こう。
蟹　座 ♋	家族やごく身近な人との人間関係を大事にしよう。それはあなたの大切な土台に。地元も大切にしよう。
獅子座 ♌	自分の自信を持ち、積極的に自分の魅力を周囲にアピールしよう。
乙女座 ♍	どんなことにも誠実に対応すること。緻密で丁寧なその姿勢が評価されチャンスが巡ってきます。
天秤座 ♎	自分を魅力的に見せる努力をし、人との関わりを大切にしよう。
蠍　座 ♏	自分の夢をあきらめない強い思い、良い意味での欲望を持ち続ける。好きなことに深く関わろう。
射手座 ♐	高い理想を持ちチャレンジし続ける。ハードルが高くても思い切ってやってみよう。
山羊座 ♑	ひとつずつ着実に実現していくことで実力をつけ、自分の力で幸せを掴んでいこう。
水瓶座 ♒	常識を覆すような発想を大切にし、自らが思うまま、自由に動こう。
魚　座 ♓	持ち前の優しい心で人と接しよう。巡り巡って自分にかえってきます。

第二章 水星のお茶会とベテルギウスのプリン

＊

今年は秋の連休を道外で過ごした。晴れやかな気持ちで札幌に戻ってきたのだが、あまりの気温差に思わず身を縮めてしまった。

「いやぁ、驚いた。新千歳空港に着くなりジャケット羽織っちゃったよ。あらためて、北海道の秋って、本州の冬の寒さだよねぇ」

真中総悟は、オフィスの扉を開けるなり、にこやかに話す。

ここは、札幌大通公園近くにある出版社兼広告代理店だ。

社名は『musubi《ムスビ》』。社長を含めてスタッフは、三人だけという小さな会社だ。

「驚いたって、おまえ、北海道に来て何年だよ」

少し呆れたように言ったのは、七十代の男性——桐島祐司《きりしまゆうじ》。この会社の社長だ。

彼はカメラマンであり、編集者でプロダクトデザイナーという割と何でもできる人だ。

桐島は長年、東京の広告代理店で働き、定年後に地元の札幌に戻ってきて、『musubi』を興した。

かくいう、総悟と桐島は、前の職場で一緒であり、総悟は桐島に憧れて、札幌までついてきたのだ。

「うーん、五年……いや、六年かな？　この時期に道外に行くことってなかったから、ちょっと驚いたんすよね」

総悟は、あはは、と笑って頭を掻く。

「真中さんは、東京のご実家に帰っていたんですか？」

そう訊ねたのは、総悟にとって唯一の同僚、鈴宮《すずみや》小雪《こゆき》だ。

小雪とは、たった四日間、顔を合わせていなかっただけだ。

しかし、遠く離れた地に行って戻ってきたせいか、久々に会ったような気がした。

彼女と目が合うなり、きゅっ、と胸が詰まるような感覚がする。

小雪が入社した当時、総悟はかなり張り切っていた。

彼女はこの会社で初めての後輩だ。色々教えてあげよう、頼りになる先輩になりたい、と意気込んでいたのだが、小雪はこれまで様々な会社に派遣され、スキルを磨いてきたスペシャリストだった。

総悟が教えられることは何もなく、逆に教わることが多かった。

小雪は要領が良く、頭の回転も速かった。

自分の仕事は勤務時間内にきっちり終わらせ、さり気なく人のサポートをし、そのことに対してアピールをするわけでもない。

『スキルの高い人って、彼女みたいな人を言うんだろうな』

それが、小雪に対して抱いた最初の印象だった。

聞くと彼女は、専門学校卒業後、就職活動が難航し、派遣会社に登録。

その後、派遣先には困らなかったが、正社員で登用してくれる会社には巡り合えなかった、と話していた。

彼女は元々スキルが高い人間ではなかったという。並々ならぬ努力を経て、身に着けてきたのだ。色々苦労してきたのだろう。

だが、そうしたことを感じさせない。それは彼女の矜持《きょうじ》であり、強さなのだろう。

彼女はいつでも、しっかりと自分の足で立ち、前を見据えている。

そんな風に彼女を見ているうちに、気が付くと総悟は小雪に対して、特別な感情を抱くようになっていた。

そういえば、と総悟はふり返る。

彼女が経験したという、不思議な話は面白かった。

今後の人生に希望を見いだせず、やさぐれた気持ちになっていた頃、猫たちが開くカフェに出会ったのだという。

彼らは美味しいスイーツと、温かい言葉で彼女を癒《いや》してくれたそうだ。

『俺もそんな体験してみたかったな』

と心から言うと、彼女は愉しげに笑って答えた。

『これから体験できるかもしれませんし、もしかしたら覚えていないだけで、とっくに出会っているのかもしれませんよ』

『いやぁ、それはないと思うなぁ』

彼女はひょんなことからその体験をネットに投稿したところ同じような経験をしたという人から連絡があったそうだ。

同じ経験をしたと思われる人たちの話を聞いていくと、共通しているのは、猫や犬といった動物を助けた過去を持っていたという。

残念ながら総悟は、動物を助けたことがない。

助けたかったのだが――。

総悟が小雪を前にして惚《ほう》けていると、小雪は不思議そうに小首を傾げた。

「真中さん……？」

総悟は我に返って、答える。

「あー、ううん。実家に帰ってたんじゃなくて、まずは、淡路島に行ってたんだ」

その言葉を聞いて、桐島が、えっ、と反応した。

「淡路島ってたしか、おまえ、夏の始めにも行ってたよな？」

「あ、はい。その時はお葬式で、今回はお彼岸ってことであらためて」

「わざわざ、淡路島まで」

「今回、ちょうど、西日本に行く用事があったので、ついでというか」

あはは、と総悟は笑う。

「そっか。それにしても、淡路島、しばらく行ってないな。今、どんな感じ？」

すごく良かったです、と総悟は強く答える。

「夏に行った時はとんぼ帰りで分からなかったんですけど、今回はゆっくり回れたんですよね。淡路島は自分の中で『神話の島』ってイメージだったんですが、行ってみたら、それだけじゃなく、明るくて活気のあるリゾート地でもありました。海沿いにお洒落なカフェやホテルが多くて、勉強になりましたね」

総悟はプログラマーだが、近年、桐島に憧れてプロダクトデザインも始めていた。デザイン性の高い建築物に触れるのは、感性を磨くのに役立つ。

「淡路島の後は、どこに行ったんだ？」

と、桐島がパソコン画面から目を離さずに訊ねる。

「広島です」

「少し不思議な組み合わせだな。てっきり神戸って言うのかと思ったよ」

「ですよね。広島では従姉《いとこ》の結婚式だったんですよ」

総悟がそう答えると、桐島は驚いたように目を瞬かせた。

「喪中の場合、結婚式に出席するのは控えるべきじゃないか？」

「そうなんですけど、葬儀は俺の身内とは言えない間柄だったんで、結婚式に参加しても問題はないそうなんですよ。ただ、従姉が気にするかもしれないんで、一応、『遠慮した方がいいかな？』と聞いてみたんすよ。そしたら、『そんなの気にしないから、総悟に祝って欲しい』と言ってもらえて。とはいえ、式には参列せず、披露宴だけ出席しました」

話を聞いていた、小雪がふふっと口角を上げた。

「真中さんは、やっぱり愛されキャラなんですねぇ」

「えっ、俺、『愛されキャラ』？　鈴宮さん、そう思ってくれてるってこと？」

総悟の強い反応を受けて、小雪は戸惑ったような顔をしながらうなずいた。

「はい。実際そうですよね？　真中さんって学生時代、クラスの人気者だった感じがしますし」

いやぁ、と総悟は頭を掻く。

「そんなことは全然。めっちゃ大人しい子どもだったし」

「えっ、そうなんですか？」

「それは意外だな」

と、小雪と桐島が、信じられない、と露骨に驚いている。

「マジですよ。俺、小さい頃、体が弱くて、東京の空気が合わないせいじゃないかって医者に言われて、田舎に住む母方の祖父母の家に預けられていたんですよね。学校に行けなくて自宅学習してたんです」

ええっ、と小雪と桐島は顔色を変える。

そんな二人を前に、総悟は笑って胸に手を当てた。

「大丈夫。もうこの通り、健康になったから」

小雪は安堵の表情を浮かべ、桐島も、そっか、と微笑む。

「総悟の祖父母の田舎って?」

「岩手の遠野です」

あーっ、と桐島は懐かしそうな声を上げた。

「いいところだよな。昔、写真撮りに行ったことがあるよ」

「ええ、知ってます」

そう答えると桐島は「え?」と目を瞬かせる。

懐かしいな、と総悟はあの頃を思い返して、小さく笑った。

[＊] 真中総悟の記憶

夏の終わりは、少し物悲しい。

肌を焦がすような強烈な日差しや、耳をつんざくような蝉の声がいつの間にかなくなっていて、今はカナカナと蜩《ひぐらし》が夏の終わりを優しく告げていた。

ふわりと吹き込んでくる風は、涼しさを孕《はら》んでいる。

東京の夏はうんざりするほど長かったけれど、ここはアッという間に夏が終わる。

僕は足音を立てないようにベッドから抜け出して、窓の外を眺めた。

一面の田園風景と、どこまでも広がる空――。

青々としていた田んぼも、いつの間にか黄色味を帯びている。

空が橙《だいだい》色に染まっているせいか、すべてが金色に輝いて見えた。

ここから見える景色は、まるで絵画のようだ。

この景色を眺めるのは、ひと夏限りのことだと思っていたのに、気が付けば三度目の夏を終えようとしている。

窓縁に両手をついて外を眺めていると、こほっ、と僕の口から乾いた咳が出た。

一度出てしまったら、なかなか止まらない。

こほこほと咳をしていると、

「――総悟、寝でなきゃ駄目だべ」

祖母がやってきて肩に手を置いた。

「今日は調子がいいから、大丈夫だよ」

そう言ってみても、祖母は僕の額に手を当て、少し残念そうに首を横に振った。

「駄目だ。咳《せぎ》も出できたし、わんつか《少し》熱《ねづ》がある。もうすぐまんまだがら、横《よご》さなってろ」

と、祖母は僕の背中を優しく摩る。

こういう時、僕はいつも素直にうなずいて、ベッドに戻る。

布団の上に横たわり、おずおずと、祖母を見上げた。

「あの……」

「ん？」

優しく問われ、なんでもない、と僕は口ごもる。

ベッドの中にいてもつまらない――なんて、そんなこと、言えるはずもない。

生まれた時から体が弱かった僕がここ――岩手県遠野市にやってきたのは、今から三年前。小学校三年生の頃だ。

僕は幼い頃から、体調を崩しては、入退院を繰り返していた。

父と母は、結婚して何年も経つのに、なかなか子宝に恵まれなかったそうだ。

僕が生まれたのは、結婚して十年も経ってから。

両親共に子どもを諦めていた頃だったという。

母は泣いて喜んだそうだけど、長い不妊治療生活で心が既にやせ細ってしまっていた。

僕の体が弱いのは自分のせいだ、と責めてばかり。

母は時として一日中、ベッドから起きられない日もあった。

母の調子が悪くても、僕の体調は関係なく悪化する。

父は会社を早退して、僕のために病院と自宅を往復していた。

両親共に、疲れ切っているのは分かっていた。

大変そうにしている両親を見るのがつらかった。

僕が家をめちゃくちゃにしていると罪悪感に苛《さいな》まれていた。

そんな両親を見かねたのだろう。

母方の祖父母から、『総悟ばうぢさ預げだらどうだべ。一回、空気の良いどごろさ来て、しっかり療養させだらどうだべ』という申し出があったのだ。

祖父は元医師で、祖母は元看護師というのもあり、預け先としては理想的である。

日々の生活に疲弊していた両親にとっては、渡りに船だ。

僕自身、罪悪感から逃げ出したくなっていたので、

『とりあえず、夏休みの間、岩手のお祖父ちゃんとお祖母ちゃんのところで過ごしてみない？』

と、両親から提案を受けた際は、二つ返事で了承した。

最初は『夏休みの間』だけのつもりだった。

実際ひと夏、岩手で過ごし、元気になったのだ。

しかし、東京に戻ると、体調は再び悪化した。

『今の総悟君には、岩手の空気が合っているようですね。これは本腰入れて、ご実家で療養させてみてはどうでしょう』——という、医師の言葉が後押しとなり、僕は本格的に祖父母の家で生活することになった。

きっと、体調はまた良くなるだろう。

そんな願いも虚しく、良くなったり悪くなったりを繰り返し、気が付くと、三年が経過し、僕は満足に学校に通えないまま、小学校六年生になっていた。

今の僕の体調は入院するほどではないが、常に微熱が出ていて、すぐに肺の奥が苦しくなる。

もしかしたら、僕はもう二度と東京の家には戻れないのかもしれない——。

そんな嫌な予感が頭を過り、振り払うように頭を振った。

すると、ズキズキと頭が痛む。

痛……、と洩らして、僕はこめかみに手を当て、小さく息をついた。

夏休みが始まる前は、随分体の調子も良くなっていたのだ。

もしかしたら、このまま良くなって次の春には東京に戻れるかもしれない、と期待したくらいに……。

目頭が熱くなり、タオルケットを頭からかぶった。

今年の夏――特にお盆期間は楽しかった。

調子が悪くなったのは、お盆休みにはしゃぎすぎたからだろう。

それだけのことだ。

*

――八月十日。

「いやぁ、やっぱり、遠野は涼しいね」

「うん、生き返る」

東京にいる両親、広島に住む叔父一家がこの家に集まった。

皆は、口々に涼しいと言いながら、大荷物を広い玄関に置く。

元々この家は診療所だったため、玄関はホテルのロビーのように広い。

リビングはかつての待合室であり、窓際にアンティーク調のソファーが並んでいる。

「あれ、涼しいが？　おらは結構ぬぐいど思ってるんだけっとも」

祖母はそう言って、皆の前に麦茶を並べていく。

その日、僕は微熱があったけれど、熱はなかったと嘘をついて皆の前に顔を出した。

「みんな、いらっしゃい」

僕がそう言うと親戚たちが、顔を明るくさせて、僕の周りを取り囲んだ。

「総悟、元気そうで良かった」

「しばらく見ないうちに大きくなったね」

そう言ったのは、母の妹の子──従姉たちだ。

共に中学生であり、果歩《かほ》と沙耶《さや》という。

二人は姉妹なのだが、まるで違うタイプだ。

姉の果歩はしっかりしていて真面目。昔から勉強が得意で、ここに来た時は僕もよく勉強を教えてもらっていた。

妹の沙耶は、やんちゃなタイプ。髪を明るくしたり、耳にピアスの穴を開けたりと、校則違反を繰り返していて、叔父と叔母を悩ませているという。

これは、すべて祖母と叔母の電話の会話から、得た情報だ。

立ち聞きするつもりはなくても、部屋で寝ていたら耳に入ってくるのだ。

父は僕の前まできて、しゃがみこんで視線を合わせた。

「総悟の顔色がずいぶん良くなっていてホッとしたよ。この分だと思ったより早く、家に戻れるかもしれないな」

父の一歩後ろで、母が嬉しそうに微笑んでいる。

「えっ、本当？　僕、東京に帰れるの？」

僕が弾んだ声を出していると、沙耶が言った。

「ねぇ、総悟。すっかりこの辺には慣れたんでしょう？　素敵なところ教えてよ」

「あっ、私も行きたいな」

と、果歩が続ける。

「あっ、うん。すごく素敵なところがあるよ」

こっち、と僕は大きく手招きし、リビングのドアを開ける。


そのまま僕は外に出て、従姉の果歩と沙耶をとっておきの場所へと案内した。

一面が緑であり、山に沿うようにアーチ状の橋が架かっている。

国道と宮守川《みやもりがわ》を跨《また》いでいるJR東日本釜石線の鉄道用アーチ橋であり、名は宮守川橋《きょう》梁《りょう》。通称は『めがね橋』といった。

沙耶は「おお、すっげ、レトロ」と手庇《てびさし》をし、果歩は胸の前に手を組んで熱っぽく洩らす。

「あれって、『銀河鉄道の夜』のモデルになった橋だよね？」

うん、と僕が答えた横で、沙耶が小首を傾げる。

「『銀河鉄道の夜』って、鉄道が空飛ぶ昔のアニメの？」

「沙耶が言ってるのは、『999』のことだよね？　そうじゃなくて宮沢賢治の童話のこと。あの『めがね橋』が作品のモデルになった橋なの。素敵だねぇ」

岩手県は、宮沢賢治の地元だ。隣の花巻市出身だという。

果歩の言うとおり、『めがね橋』は、『銀河鉄道の夜』のモデルになった橋と言われている。

銀河鉄道はこの橋を渡り、宇宙へと飛び立っていく——。

物語に想いを馳せている果歩とは対照的に、沙耶は興味なさそうな様子だ。

「あー、宮沢賢治ね。国語で習ったことある。お姉は、宮沢賢治、好きなの？」

「うん、大好き」

ついでに僕も、「同じく」と手を挙げた。

へぇ、と沙耶は興味を引かれた様子で前のめりになる。

「面白いの？」

僕と果歩は、思わず顔を見合わせた。

「面白いのもあるし、よく分からないのもある」

「私の場合は、賢治の世界観、『イーハトーブ』が好き」

「あっ、僕も『イーハトーブ』が好きなんだと思う」

そう答えた僕と果歩に、沙耶は大きく首を傾げた。

「イーハトーブってなに？」

宮沢賢治は、地元を愛していたようで、この辺りをモデルとした作品を多く手掛けていた。

とはいえ、まるっきりその通りではなく、彼のフィルターがかかっている。

宮沢賢治は、岩手の景色と自身の中にある理想郷を結び付け、『イーハトーブ』と名付けたのだ。

花巻市には、『宮沢賢治イーハトーブ館』や『宮沢賢治童話村』がある。

果歩は『イーハトーブ』の説明をし、嬉しそうに言った。

「ここにいる間に、『イーハトーブ館』と『童話村』に行ってみたいんだよね」

「えー、お姉、前にここに来た時、そんなの一言も言ってなかったじゃん」

「あの頃は、まだ読書にはまってなかったから」

果歩と沙耶の姉妹が以前この岩手に訪れたのは、約五年前。

祖父母の金婚式のお祝いの時だった。

その頃、姉妹の一家は東京に住んでいて、僕の家とも頻繁に交流があった。二人は、僕を弟のように可愛がってくれていたし、母も妹（叔母）が側にいてくれて、心強かったようだ。

しかし、四年前に父親の仕事の関係で広島に引っ越してしまっていた。思えば、母が不安定になったのは、叔母が遠くにいってしまったことも関係しているかもしれない。

そういえば、と沙耶は頭の後ろで手を組んだ。

「うちらまだ小学生だったもんね。今や遠くなったから、なかなか来られないよねぇ」

「広島はどう？」

と僕が訊くと、良いところだよ、と果歩と沙耶は声を揃える。

「素敵なところがいっぱいあるし、住みやすいよ」

「総悟も今度、広島に遊びにおいでよ。そういえば体調はどうなの？」

と、沙耶が僕の顔を覗きこむ。

「元気になってきてる、と思う」

良かった、と二人は微笑んだ。

「ここにいる間、いっぱい遊ぼうね」

「うんっ」

橋を前にそんな話をしていると、遠くから叔母がやってきて、大きく手を振った。

「みんなー、今夜は庭でバーベキューよ。そろそろ準備するから手伝って」

その言葉を聞き、僕たちは、わぁ、と歓喜の声を上げる。

「バーベキューだって！」

「急ごう」

僕たちが走って家まで戻ると祖父と父と叔父がバーベキュー台をセットして、火を起こしていた。

僕たちは張り切って、手伝いに勤《いそ》しんだ。キャンプチェアやテーブルをセットし、沙耶と共にクーラーボックスを用意し、氷と水を張っていく。

すると果歩がやってきて、あらら、と苦笑した。

「これさ、飲み物入れてから水を張った方が良かったんじゃない？」

「あっ、本当だね」

僕が肩をすくめるも、沙耶は八重歯を見せて笑った。

「まーいいよ。ここに飲み物を入れてけばそれで」

「じゃあ、僕、飲み物持ってくるよ」

そう言って僕は家の中へ戻る。

「お祖母ちゃん……」

　飲み物運ぶよ、と言おうとして、僕は口を閉ざした。キッチンから笑い声が聞こえてきたからだ。楽しい時間を中断させるようで、気が引けた。

　そっとキッチンを覗くと祖母と母と叔母が、肉や野菜を切ったり串に刺したりと下ごしらえをしていた。

「久々、母娘水入らずねぇ」

と祖母が楽しそうに言う。

母が、本当に、としみじみうなずいて、叔母を横目で見た。

「あなたが遠くに行っちゃったりしたから、なかなか会えなくなっちゃって」

「仕方ないじゃない転勤なんだから。ところで姉さん、調子はどう?」

「最近はまぁ、少し落ち着いたかな」

「そっか。総悟も元気になってきたみたいで、本当に良かった」

「そうね。つらそうなあの子を見るたび、私もつらかったから……」

と、母は悲痛な声で言った。

僕はキッチンに入れなくなって、うつむいた。

ふと、かつて母が零した言葉が脳裏を過る。

『やっぱりあの子は、罪の子なのよ』

まだ僕が東京にいた頃、母は父の胸に顔をうずめて泣きながらそう言っていた。

物心ついた時から母は、常に罪の意識に苛まれているように見えた。

僕が罪の子とはどういうことなのか。

僕の体が弱いから？

家族を苦しめているから？

これまで何度も何度も、疑問は頭を掠めては消えていく。

未だに答えは出なかった。

僕が佇《たたず》んでいると、沙耶が背後からやってきて元気な声を張り上げた。

「お祖母ちゃん、クーラーボックスに入れる飲み物を取りにきたよ」

あら、と祖母と母が振り返り、顔をくしゃくしゃにした。

「冷蔵庫さいっぺえ入ってるから、全部、持ってってけで」

「あっ、お父さんたちのビールも忘れないでね」

「了解。それじゃあ、総悟、手伝って」

沙耶の屈託ない笑顔に、僕の憂いが吹き飛んでいく。

昔からそうだ。僕は、沙耶といると明るい気持ちになるし、果歩といると優しい気持ちになる。

「分かった」

僕は両手にいっぱい缶ビールを抱え、庭に出た。

「おおっ、総悟。ビールたくさん、ありがとう」

と、父と叔父が嬉しそうに言う。

「キンキンに冷えてるよ」

僕はクーラーボックスまで運ぼうとしたが、段差で躓《つまず》いて缶ビールが転がり落ちた。

うわぁ、と父と叔父が慌てて缶を拾って、クーラーボックスに入れる。

少し時間を置けば大丈夫、と言うも、缶を開けたときはビールの泡が勢いよく噴き出て、僕たちは大きな声を上げて笑い合った。

年中休んでいる僕にとって『休み』は日常であり、特別でもなんでもなかった。

だけど、今年は違う。

僕にとって、久々に訪れた楽しい夏休みであり、大好きな人たちに囲まれて、僕は有頂天だった。


翌日、叔父は、僕と果歩と沙耶を連れて、『宮沢賢治童話村』に連れて行ってくれた。

叔母は祖母の手伝いがあり、東京からの移動に疲れた母は大事をとって休んでおり、父はそんな母が心配で付き添っていたいのだという。

童話村は、宮沢賢治の童話の世界を表現したテーマパークだ。『銀河ステーション』

や『賢治の学校』などがある。今にも山猫や又三郎が出てきそうな雰囲気に、僕と果歩は大いに盛り上がった。

宮沢賢治をよく知らない沙耶は楽しめないかもしれない、と思ったけれど、そんな心配は無用で、『マジいいね。ファンタジーって感じ』と誰よりもはしゃいでいた。

「ねぇ、総悟は、宮沢賢治作品なら何が好き？」

と、果歩に問われて、僕は考える。

「やっぱり、『銀河鉄道の夜』かな」

そう話していると、沙耶が勢いよく振り返った。

「そのさ、『銀河鉄道の夜』って、どんな話なわけ？」

簡単に説明しようとすると、難しいものだ。

果歩が、どう話そうかと言葉に詰まっていたので、僕が口を開いた。

「主人公は、『ジョバンニ』っていう、家庭に事情がある男の子なんだ」

「家庭に事情って？」

「お母さんが病気、お父さんは漁に行ったきり帰ってこない、自分は学校行きながら働いてて色々疲れてる。だから勉強に身が入らなくて、先生に質問されてもジョバンニは答えられないんだ」

そりゃそうだよ、と沙耶は向きになったように言う。

「うちなんて、そんな大変な状況じゃなくても、答えられないし」

僕と果歩は思わず笑う。

「だよね。そんなジョバンニには、『カンパネルラ』っていう親友がいるんだ」

沙耶は、いいことだねぇ、と相槌をうつ。

「ある日、ジョバンニは、バイトを終えて家に帰ると配達の牛乳が届いてなかったことに気が付いたんだ。だから店まで取りに行くことにしたんだよ」

ええっ、と沙耶は声を上げた。

「学校行ってバイトして、やっと帰ってきてから牛乳がないからって取りに行くの？超面倒くさくない？ジョバンニ、いい子過ぎるよ」

「そうだね。お母さんは体が弱いし、パンには牛乳が欲しいから、ジョバンニは取りに行くんだ。ちょうど、星祭がやっていて、ついでに見ることにしたんだよ」

「あー、そういう息抜きはマジで大事だよね」

すっかり沙耶は、物語の中に入っているようだ。

僕が話す横で、果歩と叔父が小さく笑っている。

「でも、星祭で意地悪なクラスメイトたちに出くわしてね。特に『ザネリ』って奴が最悪で、彼を筆頭にジョバンニを馬鹿にしてからかったんだ。ザネリの輪の中にカンパネルラがいた。カンパネルラは、ジョバンニの悪口は言ってないけど、そんな奴らと一緒の輪の中にいるのを見て、ジョバンニはすごく嫌な気分になって、その場を逃げ出したんだ」

「あるわ、そういうの、すごい分かるし」

「うん、あるよね」

女子中学生には響くものがあるのか、沙耶も果歩も苦々しげな表情をしている。

「でっ？」

と沙耶は身を乗り出して、続きを促す。

「星祭から走って逃げたジョバンニは、きっと家に帰る気になれなかったんだろうね。丘の上に寝転んでぼんやり景色を眺めてた。そうしたら、どこからか汽車の音がして、『銀河ステーション、銀河ステーション』って声が聞こえてきた。なんだろうと思って見たら、列車が走ってたんだ。そして気が付くとジョバンニはその列車に乗ってたんだ」

「えっ、なんで？」

なんでだろうね、と僕ははにかむ。

「すぐ目の前のシートにはカンパネルラが座ってた。彼はなぜかずぶ濡れで、黒い上着を着ていた。ジョバンニが驚いていると、カンパネルラはこういったことを言うんだ。『みんなはずいぶん走ったけど遅れてしまったよ。ザネリもずいぶん走っていたけど、

追いつかなかった』って

「えっと、それって列車に乗るために走ったけど、間に合わなかったってこと?」

と、沙耶は眉根を寄せて問う。

「そういうことだと思う。ジョバンニは『それじゃあ、どこかでみんなを待ってようか?』って聞くんだけど、『ザネリは、お父さんが迎えにきて帰ったんだ』ってカンパネルラは答えるんだ」

「ザネリは邪魔だし、一緒じゃなくて良かったよ」

と、沙耶は腕を組んで、鼻息荒めに言った。

「それから、ジョバンニとカンパネルラは、銀河鉄道に乗って、銀河を旅するんだ。水晶の砂でできた河原に降りたり、大昔の地層から化石を掘り出したり、『白鳥の停車場』『プリオシン海岸』『アルビレオ観測所』と、星の海を渡っていく」

わあ、と沙耶が目を輝かせた。

「それで、どうなるの?」

「そこから先は読んでみたら?」

うええ、と沙耶は露骨に顔をしかめた。

「それは無理。本とか読めない」

「どうして? すごく夢中になって聞いてたのに」

「それは、総悟の話し方が上手いからだよ」

沙耶の言葉に、果歩と叔父も同意した。

「本当に、私も引き込まれた」

「叔父さんもだよ。それにしても、すごく詳しく覚えているんだね。久しぶりに読みたくなったなぁ」

「何回も読んでいるから……」

ひとたび体調を崩すと寝てばかりの生活だ。

本を読むことくらいしか楽しみがなかった。

『銀河鉄道の夜』を読んで、僕も銀河を旅する妄想に浸っていた。

「ありがとう、総悟」

と、叔父に頭を撫でられて、僕は戸惑った。

「そんな、お礼を言われるほどのことは……」

「あそこで話をやめたのは、沙耶に本を読むきっかけを与えてくれたんだよね？」

叔父の嬉しそうな顔を見て、僕はばつの悪い気持ちになった。

そういうつもりで、話すのを止めたんじゃない。

目を輝かせている沙耶を見て、結末まで言うのが躊躇われた。

銀河を旅しているわくわく感のままで止めておきたかったのだ。

童話村を出た後は、『宮沢賢治イーハトーブ館』へ向かった。

ここは、資料館であり、図書館のような雰囲気だ。

果歩は嬉しそうに館内を見てまわり、沙耶は早速、『銀河鉄道の夜』の本を開いて、

「読みにくいぃ」

と、文句を言っていた。

帰りがけには、河童伝承の地と呼ばれる『カッパ淵』にも立ち寄った。

かつてここには河童がいて、人々にいたずらをしたという。

そういった言い伝えも思わず信じてしまいそうな、美しくも、少し鬱蒼《うっそう》とした部分があるある小川だった。

「馬鹿みたい、河童なんているわけないのに」

と、沙耶が肩をすくめながら大人ぶった口調で言う。

果歩が、ハッとしたように口に手を当てた。

「大変、沙耶、足元に河童が！」

すると沙耶は、ぎゃあぁ、と声を上げて、叔父に抱き着いた。

「パパ、早くやっつけて！」

しかし、当然の如く河童の姿などない。

姉にしてやられたことを知った沙耶は真っ赤になって怒り、僕と果歩と叔父はお腹を

抱えて笑った。

八月十五日は、お盆行事だ。

お墓参りをし、その後は家に住職が来て、仏壇の前でお経を唱えた。

子どもにとって、退屈な時間だ。

僕が欠伸《あくび》を堪えている横で、沙耶は痺れた足を摩っている。

その点、果歩は凛とした姿勢で座り、真摯《しんし》な表情を見せていた。

ちらりと母の方を見ると、目に涙を浮かべている。

どうしたのだろう？

ご先祖さまに強い想いがあるのだろうか？

僕の視線に気付いた母は、慌てたように涙を拭い、仏間を出て行く。

父も、すみません、と会釈をして、母の後を追った。

僕もそっと仏間を出ると、母は居間のソファーに座って嗚咽《おえつ》を洩らし、父はその背中を撫でていた。

「死んだお祖父ちゃんとお祖母ちゃんは、私に怒っていたのよ。絶対に罰が当たるって言われたの。きっと今も家に帰ってきて、私に怒ってる」

「君は悪くないよ、悪いのは僕の方だ」

「ううん、私のせいよ。あの時の赤ちゃんもいなくなってしまった。その後、なかなか子どもが授かれなかったのも、総悟の体が弱いのも……」

うわあ、と母は泣き崩れている。

なんのことを言っているのかよく分からない。

僕が物陰から見た母の様子にあっけにとられていると、叔母がやってきて、僕の肩に手を置いた。

驚いて僕の体がびくんと震える。

叔母は口の前に人差し指を立てて、小声で言った。

「ちょうどお坊さんのお経が終わったところだし、外の空気を吸いにいこっか」

うん、とうなずいて、僕は叔母と共に玄関へ向かう。

家の外に出るなり、叔母は両手を上げて体を伸ばした。

「黙って座ってお経聞いてるってしんどいよねぇ。亡くなった人にはありがたいのかもしれないけど、生者には苦行だわ。あっ、こんなこと言ったら怒られるね」

叔母はそう言っていたずらっぽく笑う。

暗い気持ちだった僕も、つられて笑ってしまった。

果歩と沙耶が対照的な姉妹であるように、母と叔母もタイプが違っている。

母は穏やかで物静か、叔母は明るく快活。

見た目も、母はセミロングの髪をハーフアップにしているが、叔母はショートカットだ。

「ああ、いい風」

爽やかな風が田んぼの稲穂や木々の葉を揺らしている。

叔母は遠くを眺めながら、心地よさそうに目を細めていた。

「ねぇ、叔母さん」

僕がそっと口を開くと、彼女は「なぁに？」と振り返る。

「お母さんは、どうしていつも苦しんでいるの？」

物心ついた時から、母は何かに怯え、苦しそうにしていた。

僕が生まれる前の母の写真を見たことがあるけれど、その写真の中の母は、父の横でとても幸せそうに微笑んでいた。

母が苦しんでいるのは――。

「僕のせい？」

叔母は切なげに目を細めて、僕の前にしゃがんだ。

「総悟はどうして、自分のせいだって思うの？」

「……前に、お母さんは僕のことを『罪の子』って言ってたから」

そう言うと、叔母の瞳の奥が揺らいだ。

「姉さんは、総悟に向かってそう言ったの?」

ううん、と僕は首を横に振る。

「立ち聞きした」

そっか、と叔母はホッとしたような、弱ったような表情で、横を向く。

しばらくうつむいてから、僕と向き合った。

「総悟はもう十二歳だっけ」

うん、と僕は答える。

「十二歳は、数えで十三歳。昔の日本ではもう大人とみなされていたの。だから総悟を大人と見込んで、姉さんのこと話すね」

僕の喉がごくりと鳴った。

だけど、と叔母は真剣な表情になる。

「聞きたくないことかもしれないよ? 聞かない勇気っていうのも、叔母さんは必要だと思ってる。それも強さだから」

僕は首を横に振った。

「知りたい。ずっと考えちゃうから」

そうだよね、と叔母はゆっくりと立ち上がった。

「納屋で話そうか」

家の裏には、納屋――草刈り機や除雪機などが置いてある物置小屋がある。『小屋』というには大きく、大人数人が入れる広さがあった。実際、祖父は、近所の人たちと納屋で談笑していることが多い。

僕と叔母は納屋に入って、祖父が廃材で作ったベンチに腰を下ろした。

「結論から言うと、総悟は何も悪くないし、罪の子なんかじゃないよ」

叔母は最初に言って、母の話をはじめた。

僕はこれまで、母が抱えているものは何だろうと妄想してきた。

ずっと子どもができなくて悩んできた母は、赤ちゃんだった僕をどこからか誘拐してきたのではないか、本当の両親は殺されているのではないか――そんな風に考えたこともあった。

母の真実は、僕が脳内で膨らませていた妄想とは違い、警察が介入するものではなかった。

それでも、母はずっと良心の呵責《かしやく》に苛まれ続けているのだという。

「――そういうわけなのよ」

と、叔母はすべてを話してくれた。

僕は何も言わずに、微かに首を縦に振る。

「聞かない方が良かった？」

心配そうな眼差しを向ける叔母に、僕は笑みを返した。

「聞いて良かった。ありがとう、叔母さん」

そう言うと叔母は顔をくしゃくしゃにして、僕の頭を撫でる。

「それじゃあ、家に戻ろうか？」

「あっ、僕はもう少しここに……」

「分かった。叔母さんは先に戻ってるから、のんびりしてなさいね」

叔母は立ち上がって、納屋を出て行く。

僕はしばしベンチに腰を掛けた状態で、天井を仰いでいた。

この納屋も、元々は祖父が若い頃、近所の人たちと協力して作ったそうだ。

素人が作ったというと、心配になるけれど、こうして見ていると木材の梁《はり》がしっかりと組まれていて、頑丈そうだ。

東京では、こんな立派な納屋が家の裏にあるなんて、考えられない。

勝手に誰かが住み着きそうだ。

そんな風に思っていると、梁に動く影があり、僕は思わず目を凝らす。

「ネズミ……？」

それにしては、大きい。

首を伸ばして確認すると、薄汚れた灰色の猫だった。

天井まで上ったものの下りられなくなったようで、ぷるぷると震えている。

僕は思わず立ち上がって、どうにかしないと、とウロウロしていると、果歩と沙耶が納屋に顔を出した。

「総悟、お祖母ちゃんがお昼にしようかって」

「あれ、総悟、どうしたの？」

あそこ、と僕は梁を指差す。

果歩と沙耶は天井を見上げて、目を見開いた。

「大変ッ！」

すぐに壁際に立てかけられていた脚立を手に取ったのは沙耶だった。だが、猫がいる位置に脚立を置くなり、すぐに自分の体を抱き締める。

「ごめん、うち、高いところ苦手で」

「じゃあ、僕が……」

と、僕が脚立に近付くと、果歩が手を伸ばして制した。

「この中で一番背が高いのは私だから。沙耶、誰か大人を呼んできて」

そう言うと果歩は躊躇いもせずに、脚立を上っていく。

果歩は柱に手をつきながらてっぺんに立って、猫に向かって恐る恐る手を伸ばす。

ちょうど、猫に手が届く距離だ。

猫はぶるぶると震えて、後退《あとずさ》りをした。

「おいで、大丈夫だよ」

と、果歩は優しく話しかける。

猫は、様子を窺っていた。警戒心をあらわにしているが、威嚇《いかく》はしておらず、一度後退りした以上に逃げようともしていなかった。

しばしその状態でいると、沙耶が叔父と叔母を連れて戻ってきた。三人は猫を驚かせないよう、そっと納屋に入る。

「果歩、お父さんが代わるよ」

叔父が小声で呼びかけると、果歩は、ううん、と首を横に振った。

「なんとなく猫ちゃん、こっちに来たそうにしてくれてるから……」

そうはいっても、猫はなかなか果歩の手に触れようとはしない。

叔父たちに一歩遅れて、父と母、そして祖父母がやってきた。

「果歩、ささみ茹でだがら、それをあげでみだらいがべ」

祖母はそう言って、鶏のささみの欠片《かけら》を果歩に手渡した。

「ありがとう」

果歩はささみを受け取ると、細かくほぐし、掌《てのひら》に載せて猫の前に差し出した。

茹でて間もないささみの欠片は、美味しそうな鶏の匂いがしている。

猫は鼻をひくひくさせて、ゆっくりと梁の上を歩き、果歩に近付いた。

そっとささみを口にした。

お腹が空いていたのだろう、体を小刻みに揺らしながら夢中で食べている。

「ごめんね、抱っこするね」

果歩は猫の体をつかんで、優しく抱き締めた。

猫もある程度覚悟していたようで、腕の中で抵抗する様子はない。

わっ、と僕たちは顔を明るくする。

果歩が猫を祖父に渡しゆっくり脚立から下りる。医師だった祖父は猫の目や体、口の中などを診ながら、顔をしかめた。

「かっきね《ずいぶん》痩せでむじぇー《可哀想に》。ノミもいで、まんずノミ取りシャンプーでぎだっと《しっかり》洗って、動物病院さ連れでってあげねばなぁ」

「この子、大丈夫かな」

僕が心配していると、母がやってきて背後から僕の体をしっかりと抱き締めた。

「総悟は絶対に触っちゃ駄目よ。あなたは体が弱いんだから」

僕は何も言えなくなって、目を伏せる。

すると祖母が祖父から猫を受け取って、胸を張った。

「洗うのは、ばっちゃさにまがせで。なんたって元看護師なんだがら」

「お祖母ちゃん、私も手伝う」

「うちも」

すぐにそう言った果歩と沙耶に、ありがと、と祖母は微笑んだ。

「まんず、爪切らねばなんねえべょ。子猫でも爪は結構な武器だがら」

僕はすこし離れたところから、祖母と従姉たちが猫の世話をするのを見ていた。

祖母が手際よく爪を切っている間、叔父と叔母は必要なものを買いに薬局へ向かった。

猫は、祖母、果歩、沙耶の三人がかりでシャンプーされ、薄汚れた灰色だった毛は真っ白になった。耳と尻尾だけが黒く、目は蒼い。美しい猫であるのが分かった。

僕たちは綺麗になった猫を前に、歓喜の声を上げた。

その後、猫は、祖父が知り合いの獣医の許へ連れていった。

こんなに可愛い子だから貰い手もすぐ見付かるだろう、とのことだ。

僕も果歩も沙耶もホッとしていたけれど、一番に安堵の表情を浮かべていたのは、母だった。

母は猫を嫌っているのではない。

猫の毛が少しでも僕の体調を崩す原因になったら困ると思っている。

分かっているのに、どうしても苦々しい気持ちになってしまう。

そんな僕を見て、母は取り繕ったような笑みで言う。

「総悟、今日で最後の夜だから、みんなで花火でもしようか」

うん、と僕もぎこちない笑みを返す。

——そうして、僕の夏休みは終わりを告げた。

＊

お盆を過ぎると、途端に涼しくなる。

頬を撫でる風は、もう夏の匂いをしていなかった。

今年は特に気温の低下が早い。

そのせいか僕は体調を崩しがちだった。

夏の前は、もう東京に帰れるのではないか、というくらいに元気だったのに……。

僕は部屋の壁を見ながら、はぁ、と息をつく。

「夏休みは、楽しかったなぁ……」

果歩と沙耶と遊び、叔父が色んなところに連れて行ってくれて、叔母が優しくしてくれた。

父と母は……。

両親の顔を思い浮かべると、ずきんと胸が痛んだ。

同時に目頭が熱くなる。

あまり、父と母と関わった覚えがないのだ。

居間で祖父母と話すだけで、僕の顔をあまり見てくれていなかった。

久々に会えたというのに……。

僕は目を擦って、ベッドサイドのチェストの上に置きっぱなしの本を手にした。

『宮沢賢治全集』。

みんなが帰った後、僕はこの本ばかり読んでいる。

果歩や沙耶には、宮沢賢治作品で一番好きなのは『銀河鉄道の夜』だと言ったけれど、実のところ、『セロ弾きのゴーシュ』や『注文の多い料理店』も同じくらい好きだ。

『セロ弾きのゴーシュ』の主人公ゴーシュは、町の楽団のチェロ奏者。

音楽会を控えていて楽団は練習を重ねているけれど、ゴーシュだけは上手く弾けず、楽長には怒られてばかり。

落ち込んだゴーシュは、家に帰ってからも練習をしていた。

そんなゴーシュの許に、一匹の三毛猫が現われ、とても生意気な口調で、チェロを弾くように言う。

『それよりシューマンのトロメライをひいてごらんなさい。きいてあげますから』

『わたしはどうも先生の音楽をきかないとねむられないんです』

猫の態度に腹を立てたゴーシュは、トロイメライのようなロマンチックな曲ではなく、『印度の虎狩』という激しい曲を力一杯弾く。

猫は、これはたまらん、とふらふらになりながら帰っていくのだが、この日を境に、ゴーシュの許に珍客が訪れるようになる。

音階を学びたいというカッコウ、小太鼓の練習をしたいというタヌキ、ゴーシュの音楽を聴かせてほしいという病気のネズミ。ゴーシュはイライラしながら、怒りながら、珍客に向かって、演奏を続けていく。

そうして、迎えた音楽会。

ゴーシュは見事な演奏を披露し、拍手喝采を受ける。迷惑でしかなかった珍客たちのお陰で、自分が信じられないくらい上達していることに気付き、感謝するという話だ。

わくわくする、素敵な展開だと思う。

『注文の多い料理店』は、二人の紳士が犬を連れて、猟をしているところから始まる。

二人の紳士は、案内役とはぐれ、困っていたところ、山の奥に一軒の洋食屋があるのを見付ける。そこには、『山猫軒《やまねこけん》』と書いてあった。

喜び勇んで店に入ると、『当軒は注文の多い料理店ですからどうかそこはご承知ください』という注意書きがある。

その注意書きの通り、二人の紳士は実に素直に、髪を整え、靴を脱ぎ、貴金属を外し、クリームを手足や顔に塗っていく。

そうしていくうちに、何かがおかしいと気付くのだ。

自分たちは客ではなく、この店にとっての食事ではないかと――。

二人の紳士が鼻持ちならない分、ラストの展開には、思わず笑ってしまったものだ。

ページをめくって、頰を緩ませていると、

「総悟、夕食ができだぞ」

と、祖母の声が聞こえてきた。

僕は本を置き、ベッドから這い出て、部屋の外に出る。

一階のダイニングに顔を出すと、美味しそうなクリームの匂いが漂っていた。

祖父は既にテーブルについて新聞を読んでいて、祖母は皿にシチューをよそっている。

「さあ、そごさねまれ、総悟。今日はホワイトシチューだべ」

「うん、匂いで分かった」

へへっ、と笑って、僕は席に着く。

祖父は新聞を畳んで、心配そうに僕の顔を見た。

「総悟、あんべわるぐねえが？」

「大丈夫だよ」

そっか、と祖父は洩らして、小さく息をつく。

その表情が暗くて、総悟は戸惑った。

祖父はいつも朗らかな人だ。

暗い顔は滅多に見せず、たとえ総悟の体調が悪い時も、『大丈夫、すぐ良くなる』と笑って頭を撫でてくれることが多い。

「お祖父ちゃん、何かあったの？」

そう問うと祖父は目をぱちりと開き、弱ったように頭を掻いた。

「いや、ほら、おめだ《おまえたち》が助《たす》けた猫がいだべ」

うん、と僕はうなずく。

「ティルだよね」

結局、あの猫は動物病院の先生と奥さんが気に入って、飼ってくれることになったのだ。

名前は、『ティル』。

由来は、黒い尻尾が印象的で可愛いから。最初『テール』と名付けようとしたけれど、それではスープみたいだという話になり、『ティル』に決まったそうだ。

そう、そのティルな、と祖父は目を伏せた。

「生まれつぎの病気があったみたいで、ひんでえ弱ってるみだいだな。長ぐはながべ

「……」

えっ、と僕は言葉を詰まらせる。

「野良猫はゆるぐない《過酷な》状況で生ぎでいて、そんな中で出産するがら、生まれでくる子猫はきゃねえ《弱い》のが多いのさ」

まぁ、と祖母は沈痛な面持ちで、席に着く。

「うぢらが子どもの頃は、野良猫は、飼い猫よりも丈夫だった気がするけど……」

「もう、昔とは環境が違っている。時代が変わってきてるんだべ」

「可哀相だべ……」

「ああ、ご夫妻もとても悲しんでて、なとかすけ《助》たいと言ってだよ」

食卓がシンと静まり返った。

祖母が空気を変えようと、明るい声で言う。

「んだば、いただきます」

僕はうなずいて、いただきます、と手を合わせた。

一度スプーンを手にしたけれど、とても食べられる気分じゃなかった。

ごめんなさい、と僕はスプーンを置き、

「シチューは鍋に戻しておいて。明日、食べるから」

と、立ち上がって、ダイニングを出た。

＊

僕は部屋に戻って、ベッドに横になり、ぼんやりと天井を眺めていた。

納屋で助けた時の猫の姿が、ぐるぐると頭の中をまわっていた。

薄汚れた灰色だったのに、真っ白な毛に変わった時のこと。

耳と尻尾が黒くて、蒼い目がとても愛らしかったこと。

「果歩も沙耶も悲しむだろうな……」

ぽつりと零したその時、

――にゃあ。

と、窓の外から鳴き声がした。

僕が驚いて顔を向けると、窓枠のところに猫がいた。

目が蒼く、毛が全体的に白く、耳と尻尾だけが黒い。

そして、目と同じ色の蒼い首輪をつけていた。

「あっ、ティル」

僕は落ちるようにベッドを出て、窓枠をつかんだ。

「ティルだよね⁉」

ティルは、にこりと笑って、口を開く。

「そうだよ、ティルだよ。ソーゴを迎えに来たんだ。さあ、行こうか」

ティルは少年のような声で、はっきりとそう言った。

僕はあっけにとられて、ティルを見下ろす。

僕が固まっていると、ティルは丸い顔を傾ける。一拍置いて、ああ、と察したように手を打った。

「ここが二階だから困っているんだね？　これを持っていれば大丈夫だよ」

と、ティルは透明のボトルを出して、窓枠に置いた。

「これは？」

「『無重力ソーダ』。これを持っていると、落ちないんだって」

「落ちないって……」

僕は『無重力ソーダ』に顔を近付ける。

ボトルの中は、ぼんやりと光り、マスカットやゼリーが浮遊していた。

まるで宇宙を閉じ込めたように見える。

「さっ、ソーゴ。『無重力ソーダ』を持って」

ティルに急《せ》かされて、僕は躊躇いながら、ボトルを持った。

その瞬間自分の周りに小さなつむじ風が吹いて、ふわりと体が浮き上がる。

「わっ」

びっくりした途端、足が床についた。

心臓がばくばくしていたけれど、同時に納得した。

――夢を見ているんだ。

「なんていうか、宮沢賢治的な……」

さっきまで、『宮沢賢治全集』を読んでいた影響だろうか？

すると、そうっ！　とティルが弾かれたように言う。

「ねぇ、知ってる？　ケンジはソーダが大好きだったんだよ」

「ソーダというか、サイダーね」

僕はさらりと訂正する。

宮沢賢治は、ビールなどは飲まず、三ツ矢サイダーを好んでいた。

蕎麦屋に入り、『一杯頼む』と言う。この一杯とは、サイダーのことで、花巻農学校の先生方とサイダーを飲みながら、語り合っていたという話だ。

「きっと、ケンジも『無重力ソーダ』が好きだと思うんだ」

ティルは僕の言葉など気にも留めず、嬉しそうに言い、

「それじゃあ、行こう」

と、僕に向かって手を伸ばした。

　僕はその手を取って、窓から外に出る。

　左手は猫と手をつなぎ、右手はボトルを持って、僕は空を泳ぐように浮遊していた。

　いつの間にかティルと僕の体は同じくらいの大きさになっていて、空に月の姿はなく、その代わり星がキラキラと瞬いている。

「やっぱり、夢だなぁ」

　今やこれは、宮沢賢治というよりピーター・パンだ。

「ソーゴは、空を飛ぶのが夢だったの？」

　ティルは、寝ている時の夢と、願望の夢の違いが分からないようだ。

　訂正しようと思ったけれど、やめておいた。

「うん、夢だった」

　するとティルは、良かったぁ、と嬉しそうに言う。

　なぜ、そんなに喜ぶのだろう？

　そして、どこに行くのだろう？

　そんな僕の気持ちを察したように、ティルは言う。

「河原で、僕の仲間たちがお茶会をしているんだ」

「お茶会？」

「そう。今宵は新月だからね」

と、ティルは少し得意げに言う。

河原というのは、『めがね橋』が見える広場だった。

『めがね橋』は夜、ライトアップされている。

紫、青、黄色、オレンジ、緑とグラデーションになった光が美しい。

広場に降り立つと、『不思議の国のアリス』に出てきそうな長いテーブルがあった。

そこに猫たちがずらりと並んで座り、紅茶やコーヒーを飲んで、談笑している。

これは一体なんだろう？

僕が首を伸ばしていると、蝶ネクタイをつけたシャム猫がやってきて、会釈をした。

「ようこそ、僕たちの『水星のお茶会』へ」

「水星のお茶会……？」

僕が首を捻《ひね》ると、シャム猫は冷静な口調で答える。

「人間の年齢で言うと、八歳から十五歳くらいまでの少年、少女の集まりなんです」

「つまり、中二たちの集まりだよ」

と、ティルは小声で耳打ちする。

「僕は、今宵の会を取り仕切る水星の遣い、マーキュリーと申します」

シャム猫――マーキュリーは胸に手を当てて、お辞儀をする。

なるほど、中二っぽい。

思わず僕の頬が引きつる。けれど、すぐに気を取り直して、会釈を返した。

「真中総悟です」

「ティルから聞いてます。どうぞお掛けください」

はぁ、と僕は促されるまま、空いている席に腰を下ろす。

マーキュリーは僕とティルに紅茶を淹《い》れて、

「この後、うちのスタッフがあなた方にピッタリのスイーツをお持ちしますので、少々お待ちください。それまで良かったらテーブルの上のものを……」

そう言うと、彼も椅子に腰を下ろす。

やはり夢だなぁ、と思いながら、僕はテーブルの上に視線を移す。

美味しそうな軽食が並んでいる。サンドイッチやスコーン、バナナマフィン。

その中でも目を惹いたのは、テーブルの中心にあるチョコレートのホールケーキだ。

僕がジッと見ていると、ティルが言った。

「あれは、『夜のガトーショコラ』と『プロキオンのバナナマフィン』だよ」

「プロキオンって……？」

「こいぬ座の一等星だよ。その光を輪切りにして、マフィンの上に載せたんだって」

「一等星の光を？」

「そう。プロキオンの光は、バナナ色なんだ」

はぁ、とわからないながらも僕は相槌をうち、『夜のガトーショコラ』と『プロキオンのバナナマフィン』を取り、自分の皿の上に載せた。

夕食を食べていなかったから、お腹がぺこぺこだ。

あれ？　僕はどうして夕食を食べていないんだろう？

不思議に思いながら、ガトーショコラを一切れ食べる。

濃厚なチョコレートの味わいが口の中に広がった。

甘いけれど、少しほろ苦い大人の味わいだ。

美味しい、と洩らして、紅茶を口に運ぶ。

ふと、顔を上げると、テーブルに着いている猫たちは、何やら熱心に話していた。

「せっかく、こうして水星の仲間が揃っているんだ。水星期、どう過ごすのがベストなのか、話し合ってみないか」

「それは、名案だ」

では、とマーキュリーが、椅子の上に立ち上がり、

「水星期というものをおさらいしてみましょう」

ポケットから懐中時計を取り出して、カチリとリュウズを押した。

すると、文字盤が光って、夜空に月が映し出された。

「まず、我々は生まれてしばらくは、この『月』の管轄下にいます。この頃、自分だけ

では何もできず、周囲に生かされている状況にいます。そんな柔らかく脆《もろ》い時期に、自分の土台を作っていきます……ああ、ティル、何か？」

ティルが手を挙げていたのだ。

「ねぇ、質問いい？」

「どうぞ」

「自分では何もできない『月』の時期に自分の土台を作るって言うけど、生まれてきた環境って選べないじゃん？　たとえば、お金持ちの家に生まれて、ちやほやされる子もいれば、僕みたいに親に捨てられた子もいる。その不公平さはどうしたらいいんだろう？」

熱っぽく語るティルを見ながら、あの時、ティルは親に捨てられていたんだ……、と僕はぼんやり思う。

それと同時に、ティルの言葉に同感していた。

子どもは、生まれてくる環境を選べないのだ。

他の猫たちも同じように思ったようで、そうだそうだ、と強くうなずく。

「僕なんて、それまで可愛がってくれていたのに病気を持ってると知った途端、捨てられたよ」

「私は家のお父さんが大暴れして怖かったから、隙を見て逃げ出したの。でも、その後も大変だった」

皆の言葉を聞きながら、僕の胸がずきずきと痛んだ。

マーキュリーは、そうだね、とうなずく。

「僕も同じように過酷だったし、今ここに集まっているみんなは、それぞれに大変だったと思う。そんなみんなに今から言う言葉は受け入れがたいと思うけど、生まれてくる環境は、生まれる前に『自分』が設定してるんだよね」

ええっ、と猫たちは声を上げた。

そんなわけないだろ。どんな思いをしたのか分かっているのか、と猫たちは野次を飛ばしている。

僕も野次は飛ばさなかったけれど、同じ気持ちだった。

自分が、こんな状況を設定したとは、とても思えない。

まあまあ、とマーキュリーは両手をかざして、皆をなだめる。

「信じがたいのは、まだ此岸にいるからだよ」

何を言っているのか分からず、しがん？　と僕は眉間に皺を寄せた。が、他の猫は、不満そうにしながらも口を閉ざす。

マーキュリーは、こほん、と咳払いをして、話を続けた。

「この世界は『修行の地』で、ゲームに譬《たと》えると、『レベル上げのダンジョン』なんだ」

ダンジョンと聞いて、猫たちの目が輝く。

「僕たちはダンジョンに入る前に自分でモードを設定します。短い時間でがっつりレベルを上げられる『超ハード』モード、時間は平均的にかかるけれど結構レベルを上げられる『ハード』モード。時間もかかるし、レベルもそんなに上げられないけど、さほど過酷ではない『ノーマル』モード……」

話を聞きながら、僕はそっと手を挙げる。

「はい、なんでしょう？」

「ええと、そもそも、そのレベルを上げるとどうなるの？」

「レベルを上げるごとに望む存在になれるんだ」

「望む存在？」

「僕のように星遣いの猫になる者、迷える子孫を側で見守る存在になる者、宇宙を旅する者もいるし、うんとレベルを上げた状態でこの現世を楽しむ者もいる。そういう方って、『余程、前世で徳を積んだんだね』と言われたりする」

たしかに、と僕を含めた一同、思わず息を呑んだ。

「『ノーマル』や『イージー』モードの方は何遍も何遍も輪廻《りんね》を繰り返してレベルを上げていくんだけど、そんなまどろっこしいことが嫌だって、『超ハード』や『ハード』モードを選ぶ方もいるんだ。今宵のお茶会に来られているメンバーはそういう方が多いように見受けられるけど……」

他の猫たちはばつが悪そうに目をそらし、

「自分が生きてきた環境に不満はあるけれど、いざ自分がモードを設定する時になったら、ついハードを選んでしまいそうだな」

「そうよね、ノーマルだって、きっとそれなりにつらいことはあるだろうし、それなら短い時間で終わる方が楽よね」

などと言い出している。

せっかちの集いなのだろうか？

話を戻すね、とマーキュリーは懐中時計のリュウズをもう一度押した。

「これが水星なんだけど」

次に現われたのも灰色の星だ。

クレーターがあり、一見月とよく似ている。

「月の土台を経て、小さな社会に目を向けていく。兄弟関係だったり、人間だったら小学校生活だったりね。ここで他者とのコミュニケーションを学び、知性を身につけていくんだ。だから、水星期はやはり、学ぶことが大事」

「それって、学校の勉強を？」

と、僕は思わず訊ねた。

「きっと、人間の親なら『そうだよ』って答えるんだろうけど、人間の子どもたちは、『学校の勉強をしなくてはならない』とがんじがらめになってしまって、自分が学びたいことを学んでいないように見えるんだ。僕は、本当に自分が学びたいことを学んでほしい。読みたい本を読んで、他者の話を聞いて、興味を持ったことを調べる。そうして、自分の才能の種を育んでほしい。特に水星期は、吸収力のある時だから」

と、マーキュリーは、空に浮かぶ水星に目を向けた。

「それ、学ばなかったらどうなるの？」

僕がそっと訊ねると、マーキュリーは間髪を入れずに答える。

「補習が来るよ」

「えっ、補習？」

僕も皆もギョッとした。

そう、とマーキュリーはうなずく。

「コミュニケーションを育み、知性を磨く水星期に、誰とも関わろうとせず、学ぼうともせずに通り過ぎると、来るべきタイミングで補習が来るんだ。まぁ、これは水星に限った話じゃなく、すべての惑星にいえるんだけど」

だから、月の補習って長く続いたりするんだよね、とマーキュリーは洩らす。

そのつぶやきは、僕の心に深く残った。

月は、土台を作る時期。その時に、しっかり土台を作れなかったら、その後の人生もグラついてしまうだろう。そのために、何度も補習（補修）が来るのかもしれない。

僕が考え込んでいると、白いペルシャ猫がトレイを持ってやってきた。

「お待たせしました。これから旅に出るティルさんには、『北斗七星のチョコレート』を……」

そう言うとペルシャ猫は、ティルの前に大きな黒い皿を置いた。

皿には金粉のようなものが鏤められていて、満天の星のように見える。

その上に、七つのチョコレートが北斗七星の形に配置されている。

「優しい甘さのものから、ほろ苦いものまで、じっくり味わってくださいね」

ペルシャ猫はにこりと笑って言った。

そういえば、猫にとってチョコレートは体に良くなかったはずだ。

夢の中だから、大丈夫なんだろうけど……。

そんなことを考えていると、

「総悟さんには、『ベテルギウスのプリン』です」

と、ペルシャ猫が僕の前に、銀の器を置いた。

上に生クリームが絞られたプリンだった。クリームの天辺《てっぺん》にはサクランボのような赤い実が脈打つようにぼんやり光っている。

「これは、なんの実？」

「ベテルギウスの実です。種はないので、そのまま召し上がってくださいね」

はぁ、と僕は洩らし、ティルと共に、いただきます、と手を合わせた。

スプーンを手に取って、プリンをすくう。少し固めで、祖母が時々作ってくれるプリンとよく似ている。

「美味しい……」

上の生クリームはなめらかで、卵の味がしっかりしたプリンとよく合っていた。

最後に不思議な赤い実を食べてみた。

口の中で、何かが弾けた感覚がして、全身がぶるりと震えた。正直、味はよく分からなかったけど、すごいものを食べた気がして、胸がドキドキしていた。

隣を見ると、ティルがぽろぽろと涙を零していた。

「ティル、どうしたの？」

ティルは目に涙を浮かべて、はにかむ。

「美味しいんだ。すごく美味しくて、つい」

嬉しいなぁ、とティルは前足で目を擦っている。

僕は何も言えなくなって、ティルの背中を摩った。

それからしばらく、猫たちとお茶をしていると、『めがね橋』の上を列車が通った。

その列車は、そのまま方向を転換して、僕たちの方へとやってくる。

「もうそんな時間なんだ」

「お茶会楽しかったね」

と、猫たちはおもむろに席を立つ。

ティルもナプキンで口を拭って、椅子から降り、

「ソーゴとはここでお別れだ」

僕を見て、ニカッと笑う。

猫たちは一列に並んで、列車に乗り込んでいく。

「ティルもあの列車に乗るの？」

「うん。最後にソーゴと話せて良かった」

握手を求められて、僕はその手を取った。

「そうだ、ティル。うちのお母さんが、君のことを嫌がっていてごめんね」

「ううん、ソーゴのお母さんは傷だらけだったから。それでも子どもを守ろうとしてるから、仕方ないんだよ」

「…………」

そう言ってティルは、列車に向かって歩き出そうとする。

まるで、『銀河鉄道の夜』だ。

銀河鉄道は、彼岸へと旅立つ者を乗せる列車だった。

ジョバンニは、たまたまその列車に迷い込んだだけ。

向かい側に座っていたカンパネルラは、死者だった。

カンパネルラは、川に落ちたザネリを助けて亡くなったのだという。

あの意地悪なザネリを助けて、カンパネルラは死んだ。

宮沢賢治は、どうしてそんな意地悪な展開にしたのだろう、と僕はずっと疑問に思っていた。

だけど、カンパネルラは選んでいたのかもしれない。

早く修行を終えて、尊い者になる道を――。

僕は、思わずティルの手をつかんだ。

どうしたの？　とティルは微笑んで振り返る。

「ティル、僕も連れていって」

僕の申し出にティルはぽかんと口を開けた。

すぐに小さく笑って、首を横に振る。

「駄目だよ。ソーゴはまだまだ列車には乗れない。何より今宵はもう定員オーバーだ」

「それなら、ティルの代わりに僕が乗るよ」

ええっ、とティルは目を見開いた。

「だってティルが今にも死にそうで、先生も奥さんもとても悲しんでるって、なんとしても助けたいってがんばってるって言ってたよ。二人は今の君のお父さんとお母さんだよね。ティルが戻ったら、絶対に喜んでくれるよ」

「それを言うなら、ソーゴのお父さんとお母さんだって、ソーゴが旅立ったら悲しむだろう？」

「悲しまないよ。ホッとするだけだ！」

そう声を上げた瞬間、僕の目から涙が溢れた。

お盆休みに、叔母から聞いた話が頭を過る。

『総悟のお母さん――、今は姉さんと呼ばせてもらうけど。姉さんはね、人生でたった一度、大きな罪を犯したの』

叔母は、納屋のベンチに座って、息を吐くように言った。

僕は何も言わずに、叔母の横顔を見ていた。

『私たち姉妹は果歩と沙耶のようなものでね、真面目な姉と、やんちゃな妹という感じだった。姉さんは昔から大人しくて優しくて、人を傷付けない善良な人だった。恋にも奥手でね。美人だから周りから注目はされていたんだけど、いかんせん姉さんは怖がりだから、誰とも交際経験がないまま、大人になったの』

なんとなく想像がついた。母は今も、物静かで、線が細く美しい。

『姉さんは、有名なホテルグループに就職してね、一時期、淡路島のホテルに配属になっていたのよ。そこで、義兄さんと出会っちゃったわけ。ほら、義兄さんって顔はまあまあだけど、細身で背が高くて清潔感があるし、その上ホテルマンだったから、ビシッとスーツなんて着てて、五割増しくらいカッコ良く見えたわけ。元々夢見がちな姉さんは、義兄さんに一目惚れしちゃったのよ。片想いで終わっておけば良かったのよね。その時、義兄さんは既婚者だったから……』

どきん、と僕の心臓が嫌な音を立てた。

『結果的に姉さんと義兄さんは恋に落ちて、姉さんは子どもを授かったの』

『それが、僕？』

と、僕が問うと、叔母は首を横に振った。

『ううん、その時、授かった子どもは生まれることができなかった。流産してしまったのよ。でもね、子どもができたと知った時、義兄さんは奥さんではなくて姉さんを選んだの。義兄さんは、姉さんに出会ってから、姉さんが一番大切な存在になったのよね。連れ添ってきた妻よりも何よりも、姉さんが大切』

それって素敵なようで残酷よねぇ、と叔母は洩らす。

『姉さんは、義兄さんと結婚できた時が幸せの絶頂だったんじゃないかな。だけど元々善良な人だから、その後はずっと自分を責め続けているのよ。義兄さんと結婚するって時も、両親は「あなたが覚悟を持って決めたなら自分たちは何も言えない」って感じだったんだけど、亡くなったお祖父さんとお祖母さんは、そりゃもう、烈火の如く怒り狂ってね。「人のものば奪って、幸せに生きられるわげながべ」って怒鳴ったのよ』

僕にとっては曾祖父と曾祖母に当たる。

厳格な人だったという話は聞いたことがあった。

『そうして、二人は東京で新生活を始めたの。私もその頃、東京で仕事をしていたんだけど、当時の姉さんは、今よりずっと幸せそうだった。だけどその後、お腹の子が亡くなってしまって、その後はなかなか妊娠できなくて、やっと生まれてきた総悟は体が弱かったから、姉さんは「私が罪人だからだ」って、もうずっと自分を責め続けている。義兄さんは義兄さんで、姉さんを愛しているから、支えようといつも必死』

そっか、と僕はつぶやく。

『だから僕は、「罪の子」なんだね』

『総悟に罪はない。姉さんだって、どうしようもなく……相手の家庭を壊すほどの恋をしたなら、いつまでも被害者面をしてないで、しっかり腹括《くく》れって思う』

『被害者面？』

『そもそも姉さんはね、略奪愛なんてできるような器じゃなかったのよ。だから不幸が訪れるたびに、少し楽になっている気がする』

『楽に？』

『そう。「これで罪を返せてるんじゃないか」って』

叔母は皆まで言わなかったけれど、伝わってきた。

長い間、薄々感じてきたことだったからだ。

母にとって、僕の体が弱い方が都合がいいのだ。


だから――。

僕はティルの手をしっかりと握る。

「僕が死んだら、お母さんは……お母さんは、きっとホッとする」

母は世の中にあるすべての不幸を背負ったような顔で、泣きながらこう思うのだ。

『こんな大きな不幸が訪れたのだ。これで自分への罰は終わりだろう』

僕は、母の罪を背負って生まれてきた『罪の子』だ。

母の罪と共に旅立った方がいいだろう。

ティルは、僕の手を両手で包んだ。

「ソーゴはずっとお母さんのことを考えてきたんだよね。自分が病気の方が、お母さんの心が楽になれるって」

僕は涙を流したまま、何も言わずにティルを見た。

馬鹿だなぁ、とティルは顔をくしゃっとさせた。

「どうしてソーゴは、お母さんのために生きて、お母さんのために死ななきゃならないの？」

えっ、と僕は掠れた声を出す。

「この世界には、レベルを上げるために来てるって教えてもらったじゃん。それって、ちゃんと自分のダンジョンをクリアしていかなきゃ駄目ってことなんだ。ソーゴは自分のダンジョンじゃなくて、お母さんのダンジョンばかりチラチラ見て、動けなくなってる。ソーゴは自分のための旅をほとんどしていない」

ティルの言う通りだ。

僕は常に自分のことではなく、母のことばかり考えていた。

いつまでも、健康にならないのも、母を思ってのことだったのかもしれない。

僕は、自分の人生をちゃんと歩めていなかったのだ。

ティルはいたずらっぽく笑って、お手上げのポーズをとる。

「そんな未熟者はまだ列車に乗れない。もし何かの間違いで乗れたとしても、同じようなところに戻ってくるだけだよ。さっき教えてもらったばかりじゃないか。補習が来るって」

僕が何も言えずにいると、ティルはまた僕の手を取った。

「あのね、僕、本当は、あの納屋で息絶えるところだったんだ。だけどみんなに助けてもらって、僕はピカピカに綺麗になって、今のお父さんとお母さんに巡り会えたんだ」

「ティル……」

「温かいご飯も食べられたし、ふわふわのクッションで寝ることができた。お父さんとお母さんは、僕がいたずらをしても笑ってくれる。額を撫でてくれて、優しく抱っこもしてくれる。今だってお父さんとお母さんは僕に寄り添ってくれてる。悲しんでくれている。もう、本当に……最高に幸せだよ。ソーゴのお陰だ」

僕は慌てて、首を横に振った。

「僕はあの時、何もできなかったよ」

あはは、とティルは笑う。

「僕を見付けてくれたのは、ソーゴじゃないか。ソーゴが見付けてくれたから、僕は嬉しいと楽しいと幸せをいっぱいもらえた。本当にありがとう」

ティルはそう言うと、僕の体を抱き締める。

僕もティルの体を抱き締め返した。

ふわふわで温かくて、ミルクのような香りがする。

「本当に行くね」

「うん。ティルはこれからどこを旅するの？」

「とりあえず、北斗七星に行くんだ」

「いいね」

それじゃあ、とティルは片手を上げた。

そのまま列車に乗ろうとして、ティルは足を止めて振り返る。

「そうだ、ソーゴが食べた、『ベテルギウスの実』」

うん、と僕は相槌をうつ。

「ベテルギウスは、爆発寸前の星なんだ。その実を食べると溜め込んだ想いを爆発させることができるんだって」

あっ、と僕は口に手を当てた。

こんな風に、想いの丈をぶつけたのは初めてだった。

ベテルギウスの実がそうさせたのか。

もしかしたら、感情を爆発させることで、ひとつ月の補習をしたのかもしれない。

ティルはそのまま列車に乗って、窓から顔を出し大きく手を振った。

僕も手を振り返す。

列車はぐるりと回って、また『めがね橋』へと戻り、空へ向かって飛び立っていく。

僕は列車が見えなくなるまで、手を振り続けていた。

＊

「――おい」

誰かに体を揺すられて、僕はそっと目を開けた。

「ぼうず、大丈夫か？」

知らないおじさんが、僕の顔を覗き込んでいる。

僕はまるで、銀河鉄道から帰ったジョバンニのように草むらに横になっていた。

「え……？」

混乱しながら体を起こすと、『めがね橋』が見えた。

「あれ、どうして、こんな所にいるんだろう？」

辺りはとても静かだった。空はうっすら明るい。

「いやぁ、子どもの死体を発見したかって焦ったよ」

おじさんは、はーっ、と安堵の息をついた。

「で、ぼうず、家は？」

「あっ、この近くで……」

「そうか、星でも眺めてて、そのまま寝ちまったのか？」

彼はニッと笑って腰を上げ、三脚を立て、大きなカメラをセットし始める。

「写真を撮りにきたの？」

そっ、と彼はうなずいた。

「俺は東京のカメラマンで、『めがね橋』を撮りに来たんだ。夜、ライトアップしている写真は撮ったんだけど、どうせなら、朝陽の中の橋も撮ろうと思って。そしたら、子どもが倒れてるから、もう、マジで心臓に悪かった」

と、彼は胸に手を当てて言う。

「夜の写真はいつ撮ったの？」

「昨夜」

「……ここに誰かいなかった？」

「いや、誰も。平日だから、観光客もいないのな」

そう言いながら、彼はカシャカシャと写真を撮っていく。

「そうなんだ……」

不思議な夢を見ていた。

起きた時は、はっきり覚えていたはずなのに、どんどん薄れていっている。

「もしかして、ぼうず、家出してたのか？」

そう問われて、僕は苦笑した。

「当たらずとも遠からずというか」

「なんだか、ませたこと言うなぁ」

と、彼は笑う。

「お母さんに叱られたのか？」

「ううん。うちのお母さんは、僕を叱ったりしない」

「良かったな」

「あんまり良くない」

「叱ってほしいのか？」

「……分からないけど。僕を叱るかわりに、自分のことを責めちゃうんだ……」

彼はカメラのレンズを覗いたまま、ああ、と洩らす。

「そりゃ、苦しいな」

「罪を犯したり、人を傷付けた人は、その後、どうすればいいのかな……？」

僕が独り言のように洩らすと、彼はそっと肩をすくめた。

「そりゃ、一生懸命生きるしかないだろ」

「えっ？」

「人は生きている以上、大なり小なり罪を重ねていってるんだ。人を傷付けて、傷付けられてを繰り返してる。それはもう、仕方ないんだよ。人間だから」

見知らぬ彼の言葉は、僕の中にすとんと落ちた。

お母さんは、これからも罪の意識に苛まれ続けるのかもしれない。

それでも、ボロボロになりながらも、一生懸命、生きていくのだろう。

その人生の歩みに、僕が寄り添う必要はない。

僕は僕で、一生懸命生きていくしかないのだ。

「ありがとう、おじさん」

「おじさんって言うな」

面白くなさそうに答えた彼に、僕は笑う。

やがて、東の空に太陽が昇り出した。

僕は大きく深呼吸する。

眩しいほどの朝陽を眺めながら、僕はようやくしっかりと自分の足で立てているような気がしていた。

＊

真中総悟は過去を振り返り、頬を緩ませる。

十二歳のある秋の朝。

自分はなぜか、『めがね橋』の前の草むらで眠っていたのだ。

体が弱く、学校も通えないほどだったというのに、それからというもの自分は嘘のように健康になった。

中学からは、東京に戻ることができたのだ。

「おい、どうして俺が遠野の写真を撮りに行ってたことを知ってるんだ？　話したことあったか？」

桐島は不思議そうに首を傾げている。

あの時、写真を撮っていた男性が、『桐島祐司』という名前であることを知ったのは、本当に偶然だった。

たまたま書店で、『めがね橋』が表紙になっている雑誌を見付け、手に取ったところ、桐島の顔写真を見付けたのだ。

『あの時のおじさんじゃん……』

桐島は、広告代理店のカメラマンだった。

もう一度会いたい、と焦がれていたわけではない。

会社名がインプットされ、就職活動の時に、『そうだ、あのおじさんの会社も受けてみよう』と思った程度のものだ。

総悟は採用となり、桐島の部下になった。
気が付くと総悟は、桐島に心酔していた。
最後は彼を追って、北海道までついて来たのだから、縁とは奇妙なものだ。
だけど、この話は一度もしていない。
隠しているわけではなく、単純に忘れていたのだ。
「まぁ、いつか話しますよ。桐島さんが奢《おご》ってくれた時にでも」
なんだそれ、と桐島は顔をしかめ、小雪が笑う。
総悟も笑いながら、さて、とパソコンと向き合った。

水星の星座で知るあなたの知性の伸ばし方	
牡羊座 ♈	目標を設定し、勢いと行動力を存分に使う。短期集中！　タイミングを逃さずに。
牡牛座 ♉	何事も自分が納得いくように、じっくり丁寧に取り組んでいく。
双子座 ♊	抜群の情報収集能力、コミュニケーション力を使う。気軽に日常に生かして身につける。
蟹　座 ♋	人に寄り添い、他者の話を聞き、そこから学びを得る。
獅子座 ♌	自分が得意なことを見極めて、そこに力を注ぐ。
乙女座 ♍	コツコツと地道に続けることで、大きな成果へ。
天秤座 ♎	たくさんの人と関わり、共に学んでいく。
蠍　座 ♏	自分が本当に好きなものをとことん突き詰める。人が行きつけない領域まで探求する根気強さを生かす。
射手座 ♐	海外、宇宙など遠い世界に目を向けていく。
山羊座 ♑	長期的な計画に基づいて、目標の実現に向けて着々と進める。
水瓶座 ♒	既成概念にとらわれない、自由な発想を生かす。
魚　座 ♓	豊かな想像力とインスピレーションを生かす。

第三章

金星と三日月りんごのアップルケーキ

九月吉日。

今日は妹の結婚式だ。


きっと妹の沙耶は二十代のうちに結婚するだろう、と私たちは予想していた。

沙耶はやんちゃで華やか、なおかつ結婚願望も強い子だったからだ。

しかし、妹は社会に出て雰囲気が一変した。仕事に対してストイックに、夢中になっているのが、傍目《はため》にも伝わってきていた。

結局、沙耶が結婚を決めたのは、三十路になった時。

『私、三十までに結婚したいって思ってたんだ！』

まるで、はたと気が付いたかのように、長く交際していた恋人に逆プロポーズをした。

彼とは既に籍を入れ、一緒に暮らしている。式だけが日取りの都合で一年後の今日になってしまったため、沙耶は、三十一歳になっていた。

ついでに言うと、一つ年上の姉の私——松浦《まつうら》果歩は、未だに独身である。

妹に先を越されることは、昔から予想していたため、胸が騒いだりはしない。

私は顔を上げて、眩しさに目を細めた。

目の前には、荘厳な朱色の社があった。

海に浮かぶ鳥居も目に入る。

厳島《いつくしま》神社だ。

沙耶は、絶対に教会で結婚式を挙げるのだろうと思っていた。

宗教的な理由ではなく、ビジュアルの問題でだ。

沙耶の結婚式はきっと純白のウェディングドレスを着て、教会で執り行い、皆から祝福のライスシャワーを浴びるのだろうと想像していた。

しかし、実際はそうではなく、

『せっかく広島に住んでるんだから、厳島神社で式を挙げたい！　ドレスは披露宴で着る！』

と沙耶は強く希望し、厳島神社で式を挙げることになった。

厳島神社の挙式は、午前に一組、午後に一組の一日二組限定だという。

「一年後になったのも仕方ないよね」

なんといっても名の知れた世界遺産の神社だ。挙式希望者も多いだろう。

午前十一時。

私たちは今挙式を終えたところで、旅館へと移動していた。

この後、十二時から披露宴が開始される。

母は歩きながら、小さく欠伸をしている。

「ちょっとお母さん、手で口許隠しなよ」

私が肘で母の腕を小突くと、母は「ありゃ」と肩をすくめる。

「仕方ないじゃない。今朝なんて五時起きよ」

「そりゃそうだよ。でも旅館に泊まったから、まだ良かったよね」

「そりゃ、当日に宮島《みやじま》入りなんて大変よ」

神社には着付け室や待合室がないため、神社は最寄りの旅館の利用を勧めている。

何より厳島神社は『宮島』という離れ小島にあるため、神社へ行くには『宮島口桟《さん》橋《ばし》』からフェリーに乗って行かなくてはならない。

乗船時間は十分程度なのだが、挙式の朝、大荷物を持ってバタバタと移動するのは、慌ただしいだろう。

着付けのスタートは、六時四十五分で、九時に旅館から厳島神社へ出発する。

その際、新郎新婦はなんと人力車に乗って移動する。

これは少し恥ずかしい……と最初は思った。けれど、道行く人たちに『おめでとう』と声を掛けられ、嬉しそうに手を振り返す沙耶と彼の姿を見ていたら、目頭が熱くなった。


神社に着くと、先に白無垢の撮影があり、十時から挙式がスタートする。

参列できる親族は、両家それぞれ二十名ということで、両親はもちろん、東京に住む伯父と伯母、さらに岩手に住む祖父母が『厳島神社の挙式に参列できるなんて』と、とても喜んでいた。

厳島神社での挙式は、沙耶の親孝行でもあったのかもしれない。

私たちの唯一の従弟であり、弟のような存在の真中総悟は、旅館での披露宴から参加するという。


旅館に入るとロビーのソファーに座っていた総悟が、私の姿を見るなり手を振った。

「果歩ちゃん」

もう、三十二にもなるというのに、子どもの頃と変わらず『果歩ちゃん』と呼ばれることにむず痒さを感じる。

「総悟、久しぶり」

まだ、披露宴まで結構時間がある。

沙耶のたっての希望で、ドレスに着替えるためだ。

私は、総悟の向かい側に腰を下ろした。

「ほんと、久しぶりだよね」

と、総悟は屈託なく笑う。

総悟は昔からあまり変わらない。

ぱっちりとした目の可愛らしい男の子だ。

もう三十路のはずだけど大学生に見える。が、今はスーツを着ているので、やや大人らしく見えた。

変わったことといえば、体が丈夫になったことだろうか。総悟は幼い頃、体が弱く、祖父母のいる岩手で何年か療養していたことがあった。

「果歩ちゃん、仕事は忙しい？」

「ずっと変わらずそれなりに忙しいよ。よく、『暇そうだね』なんて言われるけど」

「まぁ、図書館ってカウンターのイメージが強いからね。でも、果歩ちゃん、昔からなりたいって言ってた仕事だし、夢を叶えてよかったよね」

「うん、自分でもラッキーだったと思ってる」

私は図書館司書をしている。

元々本が好きで、子どもの頃から私は図書館で働く人になりたいと思っていた。

だが、司書の資格を持っていても、実際に図書館に就職できる人は少ない。

図書館は、誰でも利用できるけれど働くとなると狭き門だった。

私が図書館に就職できたのは、運が良かっただけのこと。

私が入職する前に、定年退職者が多く、滅多にない人手不足だったという。

「そういえば、総悟は今、札幌で働いてるんだって？」

「うん。前の会社で世話になった上司が札幌で独立したから、ついていったんだよね」

「あっ、そういうことだったんだ。それじゃあ、今回、札幌から直接広島に？」

ううん、と総悟は、首を横に振る。

「淡路島に行ってたから、そこから高速バスで広島入りした」

「へぇ、淡路島かあ。観光してきたの？」

「お父さんの前の奥さんが淡路島に住んでいてね、夏の始めに亡くなったんだ」

私は何も言えなくなって思わず口に手を当てる。

「あっ、果歩ちゃんもうちの事情なんて、とっくに知ってるよね？」

私は、うん、と小声で応えた。

総悟の家庭の事情を知ったのは、偶然だった。

中学生の夏休み。祖父母の田舎に遊びに行った時のことだ。

総悟と母が歩いていくのを見て、私もなんとなく後を追った。

その時、総悟は、私の母に、『お母さんは、どうしていつも苦しんでいるの？』と、意を決したように訊ねたのだ。

母も腹を括った様子で、総悟の両親の過去を伝えた。

総悟の母は不倫の末、伯父と結ばれたのだという。

つまりは略奪結婚だ。

私はそれまで、総悟の母——伯母に憧れていた。伯母は知的で上品で、穏やかで優しい。私は、伯母のような女性になりたいと思っていた。

『あんたは、姉さんっぽいね』

と、母に言われるたびに、私は密かに喜んでいた。

そのため、私もショックを受けたものだ。

過去を振り返りながら、ふと、浮かんだ疑問を訊ねた。

「どうして、伯父さんの前の奥さんが亡くなったことを知ったの？」

「お父さんから聞いたんだよ。お父さんは淡路島で働いていた時の友人が連絡をくれて知ったらしいんだけど……。で、お父さんも流石《さすが》に動揺したみたいで、俺に電話をしてきたんだ。『おまえはもう大人だから打ち明けるけど、実はお父さんは、お母さんとは再婚でね』って」

とっくに知ってたんだけどね、と総悟は肩をすくめて、話を続ける。

「『前の奥さんが亡くなったそうなんだ』って言われてさ。俺もどう返していいか分からなくて」

「さらに『おまえには、母親違いのお姉さんがいるんだ』って言われて」

ええっ、と私は目を見開く。

「前の奥さんとの間に子どもがいたんだ」

「俺も知らなかったから、びっくりしたよ」

「で、総悟はどうしたの？」

「気持ちの整理がつかないまま気が付いたら休み取って、淡路島まで行ってた。お葬式に参列して、姉に挨拶して……」

その行動は、まっすぐな総悟らしい。

「お姉さんはなんて？」

「なんだか、戸惑ってた感じ。行かなきゃ良かったかなって気持ちになってたんだけど、その後、姉から『あの時はびっくりしたけど、訪ねてくれて嬉しかったです』ってメールがきて」

その言葉を聞いて、うそ、と私は思わず口にしてしまう。

「その後、メールのやり取りをしてて、姉さん、家をリメイクしてブックカフェにしたいって話をしてたから、今その手伝いとかもしてるんだ。今回はその打ち合わせも兼ねてて……」

「そりゃそうだよ……」

そうだったんだぁ、と私は安堵の息をついた。

「良かったね、総悟」

うん、と総悟は嬉しそうにうなずく。

「てっきり私は、彼女と旅行でもしてたのかと……」

「いやぁ、俺自身も、『彼女と旅行してたんだ』って言いたかったんだけどねぇ」

と、総悟はいたずらっぽく笑う。

「彼女いるんだ？」

「いないんだ、それが」

「総悟はモテそうだけどね」

そこまで言って私と総悟は顔を見合わせて、小さく笑う。

「このやりとり、昔もしたことあったね」

「そうそう、たしか電話でしたね」

懐かしい、と私は頬杖をつく。

「あの時私、総悟に恋愛の相談をしたんだっけ」

「あれ、そうだった？　恋愛の相談された覚えがない」

総悟は腕を組んで、眉根を寄せる。

「あれ、違ったかな」

と、私は笑って、総悟を見た。

「たしか、その時、総悟は『なかなか好きな人ができない』って言ってたよね」

総悟は、言ってたねぇ、と苦笑する。

「なかなか、好きな人ができなくて、俺ってそういう人なのかな？　と思ったこともあったんだけど、実は今、好きな人がいるんだ」

おおっ、と私は少し驚いた。

総悟に想い人ができたのもそうだが、そんなことを素直に打ち明けてくれる総悟自身にもだ。

「良かったね。どんな人？」

「同じ職場の後輩」

私は微笑ましく思いながら、そっかぁ、と洩らす。

「遠回しに『好きです』アピールをしてるんだけど、まったく気付いてくれないっていうか、なかなか『恋愛』に発展しなくて」

と、総悟は小さく息をついた。

「そりゃそうだよ」

そう言った私に、総悟はぱちりと目を瞬かせる。

「え、断言なんだ？」

「うん。この前ね、大学時代の友人が『出会いを目的としたパーティ』に参加して、パートナーができたって嬉しそうに話していたの」

「あー、今多いよね、そういうの」

「そうだよね。彼女は美人で溌剌《はつらつ》としているから、他の友人が『そういうパーティに行かなくても、あなたならいくらでも出会いなんてありそうだけど』って言ったのね。実は私も同じことを思っていたんだけど」

総悟は黙って相槌をうつ。

「そしたら、彼女がね、『今の時代は恋愛を前提として出会わないと、恋愛に発展しないから』って言ったのよね。私、なるほどなぁ、と思って」

心当たりがあるのだろう、総悟は、あー、と頭に手を当てた。

「たしかに、そうかも」

「でしょう？　学生時代はさておき、職場で異性と仲良くなって遠回しにアピールっぽいことされても、ただの勘違いだったり、社交辞令だったりの可能性も高いし、なんならセクハラ問題になっても困るしね」

総悟が、強く首を縦に振る。

「たしかに、それは言えてる……」

「今は、なんでもちゃんと伝えなきゃいけない時代になったんだよね」

だから、と私は天井を仰いだ。

「もし、次に自分に好きな人ができたら、ちゃんと告白しようと思っているんだ」

総悟は、そっかぁ、と私の目を見る。

「俺も腹を括らないと」

そうそう、と笑っていると、父がやってきて、私に向かって手招きした。

「果歩、沙耶が呼んでるよ」

「あっ、はーい」

また後でね、と総悟に軽く手を振って、私は立ち上がる。

控え室に向かって歩いていると、窓の外の鳥居が目に入る。

今日の厳島神社の鳥居は海の上にあった。

潮が満ちていると海上にあり、潮が引いている時は、鳥居の下まで行ける。

どちらもおすすめだが、私は海の上に浮かんで見える満潮の方が、神秘的で気に入っている。

まさに『厳島神社』という感じがするのだ。

そういえば、この宮島で、とても不思議な景色を見たような気がする。

あれはいつだっただろう？

そう思った時、私の中に過去の想いが蘇る。

胸が、ギュッとするような感覚だ。

「そうだ」

思い出した。

ちょうど、苦しい恋をしていた頃だ。

「懐かしい……」

悲劇のヒロインになって、自分に酔って浸っていた。

だけど、当時は真剣に悩み、どうしようもない恋をしたのだ。

今となっては、あの頃の感情がどうしようもなく愛しい。

私は過去に想いを馳せ、鳥居を仰いだ。

［＊］松浦果歩の告白

最近、現代文に訳された『源氏物語』を読み返している。

『源氏物語』は高校三年の頃、受験勉強対策のために読んでいた。それきりになっていたのだけれど、今になって急に本棚から引っ張り出して再読しているのは、この物語が、とことん『禁断の愛』を描いているということに気付いたからだ。

まず、この時代、一夫多妻が許されたとしても、不倫が多すぎる。

光源氏《ひかるげんじ》（光《ひかる》の君《きみ》）は正妻（葵《あおい》の上《うえ》）がいながら、年上の才女（六条《ろくじょう》の御息所《みやすどころ》）の許へ通い、それでも飽き足らず、道で出会った中流の女性（夕顔《ゆうがお》）にうつつを抜かしている。

そんな中でも代表的なのは、義母（藤壺《ふじつぼ》）と息子（光の君）の恋。

そこから、義母にそっくりな幼女（紫《むらさき》の上）への執着と偏愛へとつながっていくのだ。

「禁断のオンパレードだ……」

今のドラマでもなかなか観ないドロドロっぷりだ。

現代よりもずっと娯楽の少ない平安時代に、こんな刺激的な作品が作られたのだ。

宮中の人間が、どれだけ夢中になって読んだのかは想像に難くない。

ベッドの上に寝そべっていた私は、本を閉じて大きく息を吐き出した。

『源氏物語』の恋模様に比べたら、私の『禁断の愛』は、本当に地味だ。

「たいしたことない」

と、天井を仰ぎながら、口に出してみる。

「本当に、たいしたことない」

好きになったのが、『妹の彼氏』だった。

ただ、それだけだ。

ただ、それだけなのに……。

「ものすごくつらい……」

私は枕に顔を押し付けて、静かに洩らした。


小中高と真面目に勉強し、大学は志望していた国立大学の文学部に入学することができた。

子どもの頃から本を読むのが好きで、勉強は嫌いというほどでもない。

がんばった分だけ、しっかり結果が出るという意味では、やりがいがあった。

両親はいつも私を褒めてくれたし、私もがんばっている自分を誇らしく思うこともあった。

一方、一つ年下の妹、沙耶は、私と正反対だった。

沙耶の小学校時代はフットサルに夢中で、真っ黒に日焼けしていて、白い歯を見せて屈託なく笑う。そんな元気いっぱいの女の子だった。

私は沙耶が可愛くて仕方なかったし、沙耶も私を慕《した》っていた。

私たちは本当に仲の良い姉妹だった。

そんな沙耶との関係が変わり始めたのは、中学受験がきっかけだった。

沙耶の仲良しの友人たちが、中学受験をすると知って、

『友達が行くなら、沙耶も行く！』

と、それまでがんばっていたフットサルを辞めて、急に中学受験に方向転換した。

私は正直、戸惑いを隠せなかった。

これまで勉強をがんばってきた私が普通の公立中学に通っているのに、勉強が苦手な沙耶が私立の名門中学を受験するなんて。さらに沙耶はもう六年生だ。常識的に考えて、今から受験なんて遅すぎるだろうと。

だが、うちの両親は常に『子どもがやりたいことは、チャレンジさせてあげたい』というスタンスだ。遅すぎるのを承知の上で、沙耶の受験を快諾し、全力でサポートすると決めていた。

沙耶自身も遅すぎるのを分かっていた。

だからこそ、必死に取り組んでいた。沙耶がそんなに勉強をしている姿を見たのは、後にも先にもこの時だけだ。複雑な心境だった私もそんな沙耶の姿に心が動き、勉強を教えたり励ましたりと、サポートをしていた。

しかし努力も虚しく、沙耶は受験に失敗した。

沙耶の中で、何かがぽっきりと折れてしまったようだ。

私と同じ公立の中学に進学した沙耶は、髪を染めて、ピアスの穴を開けた。

さらに同じ中学の三年生の男の子と交際を始め、夜に部屋を抜け出し、彼に会いに行ってバイクの後ろに乗るなど、有り体に言えば、グレてしまったのだ。

父と母は、部屋を抜け出した沙耶を追い掛けていって強引に連れ戻し、自分たちにとって沙耶がどれだけ大切かと泣きながら訴えたものだ。

そんな地道な両親の活動が功を奏したのか、夏頃にはやさぐれた感じが落ち着いてきていた。

夏休みには、家族揃って岩手の祖父母の家へ遊びに行くことができた。

その後の沙耶は、夜にこっそり家を抜け出すようなことはなくなったけれど、良くない友達との付き合いを続けていたし、先生や両親に怒られない程度に髪を染め、うっすらメイクをし、制服を着崩していた。

中学時代は、そういった子が注目を集めるものだ。

沙耶は学年のみならず、学校内でも目立つ存在であり、切らすことなく彼氏がいた。

当時、何より嫌だったのは、廊下で沙耶とすれ違うこと。

妹はヒエラルキーのトップにいるグループであり、私は地味で真面目なグループだ。

私は沙耶の姿を見付けると思わず目をそらし、沙耶は沙耶で馬鹿にしたような目を向けてくる。

『え、あれ、沙耶の姉ちゃん？　地味じゃね？』

そんな囁き声が聞こえた時は、地獄だ。聞こえなかった振りをして、やり過ごすのが精いっぱいで、睨むことすらできなかった。

高校は絶対に沙耶と違うところがいい、と私は懸命に勉強し、県内でもトップクラスの進学校に進学した。

合格を知った時は、嬉しさよりも、ホッとした気持ちの方が強かったように思う。

これで、ようやく沙耶から離れられる。

高校進学後も私と沙耶の関係は、一定の距離感を保ったまま。

沙耶は自分のレベルに合わせた高校に進学し、相変わらず派手な生活を送っている。

高校でも常に誰かと付き合っていた。

沙耶が彼氏と別れを決めるのは、相手の浮気が発覚した時だという。

『うちがいながら浮気とか、マジありえないし』

と、よく母に向かって、ぷんすか愚痴を言っていた。

沙耶のこれまでの彼氏は軽薄そうなタイプばかり。浮気が嫌なら、もっと落ち着いたタイプの男性と付き合えばいいのに、と思っていた。でも直接沙耶に言いはしない。私と沙耶は家の中でもろくに話さず、父や母を介して会話し、様子を窺う。喧嘩をしているわけではないのに、まるで冷戦のような状態だった。

ずっと、このままなんだろうか。昔は仲が良かったのにな……。

一歩一歩大人に近付くごとに、少し寂しく思うこともあった。

それは、沙耶も同じだったのかもしれない。

姉妹冷戦が終わったのは、私が大学に合格した時だ。

沙耶が、『おめでとう』とクッキーを私にくれたのだ。

クッキーは可愛いナイロンの袋に入っていて、赤いリボンで結ばれている。

『ホワイトデーが近いから焼いてみた』

と、はにかんで言った沙耶の姿を見た時は、思わず目頭が熱くなり、涙が滲むほど嬉しかった。それなのに、

『……ありがとう』

私はぶっきらぼうに言って、受け取ってしまった。

それでも沙耶は、へへっ、と嬉しそうに微笑む。

その笑顔を見て、沙耶に対する愛しさが、一気に戻った気がした。

沙耶は大学ではなく、美容学校に進学した。昔から美容師になるのが夢だったという。

沙耶はお洒落で、メイクやヘアアレンジが得意で、手先が器用。

美容師は、沙耶にピッタリの仕事だと感じ、私も心から応援していた。

そんなある日、沙耶が新しい彼氏を家に連れてきた。

沙耶は、これまで幾度となく彼氏を作り、家にも連れてきたけれど、私たち家族にちゃんと紹介したのは、これが初めてだった。

『はじめまして、早瀬《はやせ》聡史《さとし》です。沙耶さんとお付き合いさせていただいています』

沙耶の新しい彼は、ちゃんと挨拶のできる人なんだ。

それが、聡史くんの第一印象だ。

髪は染めておらず、黒髪がさらさらしている。Tシャツにボタンシャツを羽織り、下はジーンズ。過剰なアクセサリーもない。ピアスもない。

普通の人だ、と私は驚いていた。

というのも、今まで沙耶が連れてきた人は、髪の色がカラフルだったり、耳には、これ以上開けるところがないのでは、と心配になるほど、ピアスをつけている人が多かったのだ。

今までの人とはまったくタイプが違う、明るい雰囲気の好青年だった。
顔立ちは涼《すず》やかで、なかなかの男前だ。
長い間荒れていた沙耶だけれど、高校卒業して本当に落ち着いたんだなぁ……なんて、
聡史くんを見ながら思っていた。
年齢を聞くと、私の一つ年上で、さらに驚いたことに、私と同じ大学の学生だった。
東京から来たのだという。
二十一歳の聡史くん、二十歳の私、そして十九歳の沙耶。
私より年上の妹の彼氏――。
少し奇妙な感じがしたけれど、これまでも沙耶は私よりも年上の人と交際していたし、
何より妹の彼氏とそんなに関わることもないだろう。
気に留めるほどのことでもないと思っていた。
爽やかな彼氏ができて良かったね。
あの時は、そう思っていたのだ。

「それなのにいつの間に……こんなに好きになってしまったんだろ?」

私はベッドにうつ伏せになって、ぼそっとつぶやく。

一人で部屋に籠っていても、負のループに陥ってしまいそうだ。

「音楽でも聴こう」

耳にイヤホンを入れて、大好きなグループの曲を大きめのボリュームで聴く。

おかげで少し癒されて、大学のレポートをする気持ちになってきた。

その前にコーヒーでも淹れよう。

イヤホンを外すと、沙耶の部屋から笑い声が聞こえてきた。

わが家は二階に、両親、私、沙耶の三部屋があり、沙耶の部屋は壁を挟んで隣にあった。

また友達と電話で盛り上がっているのだろうか？

そんなことを思いながら、私は部屋を出て、一階のリビングに入ると、

「あっ、果歩、ちょうど良かった。ちょっと手伝って」

と、母がキッチンで声を上げた。

私は眉根を寄せて、母を横目で見る。

「今私、勉強してるんだけど、沙耶に頼んだら？」

正確には、まだ勉強していない。

母の手伝いが面倒だったのもそうだけど、母はいつも私に手伝いを頼みがちだ。

たった一つしか違わないのに、『お姉ちゃんだから』と私をこき使うのは、いい加減にしてほしい。

「沙耶は聡史くんと帰ってきて部屋にいるのよ。二階に行くついでに沙耶の部屋に茶菓子を持って行ってほしくて」

母はそう言ってバスケットを差し出してきた。中には広島の人気のお菓子『もみじ饅《まん》頭《じゅう》』が入っている。しかし、ただの『もみじ饅頭』ではなく、揚げたものだ。

「わっ、お母さん、『揚げもみじ』、作ったの？」

『揚げもみじ』は言葉通り、『もみじ饅頭』を天ぷらのように揚げている。主に宮島で売っているのだが、元々美味しい『もみじ饅頭』を揚げることで、外側のサクサク感が増し、中の甘さが際立つ。つまりパワーアップするのだ。

そうなの、と母は得意げに言う。

「聡史くんが、私の好物が『もみじ饅頭』だって沙耶に聞いたとかで、お土産に買ってきてくれたのよ。せっかくだしそれを揚げてあげようと思って。あっ、コーヒーも淹れたから、それも持って行ってあげて。どっちも果歩の分もあるからね」

「……わかった」

両親は聡史くんをとても気に入っていた。

それはそうだろう。

沙耶は、今まで歓迎したくないようなタイプの男ばかり連れてきていたのだ。

さらに聡史くんと付き合ってから、沙耶の夜遊びもなくなっていた。

『とてもしっかりしていて、沙耶に良い影響を与えている彼氏』

と聡史くんを絶賛していた。

私はトレイに『揚げもみじ』のバスケットと、コーヒーを淹れたマグカップを三つ持って、階段を上がる。

「それにしても、どうして私が、妹の部屋にお菓子を運ばなきゃ……」

あえてブツブツ言う。

そんなことを口にするのは、自分の中の動揺を隠すためだ。

本音は、お菓子を届けられることになって喜んでいた。

少しでも彼の顔が見たいと思ってしまっている。

「私って、ほんとに……」

私は、沙耶の部屋の前まで来て、深呼吸をする。

ドキドキと心臓が強く脈打っていた。

ドアの向こうから、二人の会話が聞こえてくる。

「やだ、宮島には行かないよ」

「えっ、どうして？　沙耶、好きだって言ってたじゃん」

「聡史くん、知らないの？　宮島には『カップルで行くと別れる』っていうジンクスがあるんだよ」

そう、そのジンクスは、有名だ。

宮島の宗像三女神《むなかたさんじょしん》——つまり女神様がカップルに嫉妬して、別れさせるのだという。

「えっ、でも、沙耶は家族でよく行ってるんだよね？」

「そうだけど？」

「ご両親は仲良しじゃん」

「いやいや、カップルと夫婦は違うんだよ」

思わず私の頬が緩む。だがすぐに立ち聞きなんて良くない、と姿勢を良くしてから、ドアをノックした。

「沙耶、お母さんに頼まれて、お菓子持ってきた。開けていい？」

どうしよう、緊張に声が上ずる。

そんな私とは裏腹、沙耶は陽気な声を返す。

「あー、ありがとー、入ってー」

意図せず、ごくりと私の喉が鳴った。

私がドアノブに手を掛ける前に、

「あっ、お姉さん、俺が開けるし」

と、聡史くんの声がして、ドアが開いた。

甘ったるいバニラの香りと共に、久しぶりに見る沙耶の部屋が目に飛び込んでくる。

白いベッド、白いテーブル、ピンクのカーテンと全体的に可愛らしいイメージだ。壁のコルクボードには隙間がないほど写真《チェキ》が貼ってある。

ドアを開けてくれた聡史くんは、トレイを見て、あっ、と嬉しそうに言う。

「これ、もしかして、『揚げもみじ』？」

「そう、聡史くんがくれた『もみじ饅頭』をお母さんが……」

えっ、マジで、と沙耶も立ち上がって、バスケットの中を覗く。

「お母さん、うちらが頼んでも面倒くさがって、あんまり作ってくれないのに」

私たち姉妹にとって、『揚げもみじ』は、『もみじ饅頭』の最上位だ。

宮島で食べるものが一番だけど、家で揚げることもできる。だが、自分で揚げても、ベチャッとしてしまい、美味しく揚げるのはなかなか難しい。

そこへいくと、母はさすがだ。

サクッと美味しい『揚げもみじ』を作ることができる。が、普段は私たちが頼んでも、面倒くさがってなかなか作ってくれなかった。

「聡史くんパワーじゃん」

と、沙耶が言うと、なんだそれ、と聡史くんは笑っていた。

そして私を見て、あらためてという様子で言う。

「お姉さん、お邪魔してます」

「いや、お姉さんなんてやめてよ」

私の頬が急に熱くなる。赤くなってはいないだろうか。

「えっ、なんで、マグカップが三つも？」

沙耶はトレイの上に目を向けて不思議そうに言う。

私が答える前に、聡史くんが口を開いた。

「どう考えても、お姉さんの分だろ」

「お姉ちゃんもここで食べるの？」

と、沙耶がきょとんとして私を見た。

まさか、と私は顔をしかめる。

「二階に上がるついでに持ってきただけ。『揚げもみじ』も一つは持って行くから」

私は素っ気なく言って、テーブルの上にトレイを置く。

「あー、私、アイスコーヒーの方が良かったな。聡史くんもアイスコーヒーの方が好きだよね？」

と、沙耶はマグカップのコーヒーを見ながら、不服そうに言う。

すると聡史くんが苦笑した。

「沙耶、せっかく持って来てもらって、不満を言わない」

「でも、今日暑いじゃん？」

「それなら、このコーヒーに氷を入れたら？」

そっか、と沙耶はマグカップを手にした。

「聡史くんもアイスコーヒーにする？」

「いや、俺はこのままでいい」

沙耶は、ちょっと待ってて、と部屋を出て行った。

急に妹の部屋に二人きりになり、どうしていいか分からない。

とはいえ、さっさと退散するまでだ。

テーブルに聡史くんのマグカップとバスケットを置き、自分用に一つ、『揚げもみじ』をもらうために、ティッシュを用意していると、

「じゃあ、なんて呼んだらいいのかな？」

そう問われて、私は少し驚いて顔を上げた。

「えっ？」

「お姉さんのこと」

聡史くんがいたずらっぽく笑って、私を見ていた。

ぎゅっ、と胸を鷲摑みにされたような感覚になる。

心臓を通り越して、喉元までバクバクと脈打っているようだ。

それでも、私は平静を装った。

「お姉さん以外ならなんでもいいよ。いや、その前に別に私のことなんて呼ばなくてもいいし」

ティッシュの上に『揚げもみじ』を置く、その手が震えていた。

「お姉さんは沙耶の姉さんだけど、俺より年下なんだもんな。じゃあ『果歩ちゃん』って呼んでもいい？」

果歩ちゃん。

従弟の総悟以外、異性にそう呼ばれたことがない。

私の心臓は最早、爆発寸前だった。

「それもなんか気恥ずかしいけど、『お姉さん』よりマシかな」

「それじゃあこれから『果歩ちゃん』で」

名前を読んでもらえて嬉しかった。

『果歩』

自分の名前が、特別なもののように感じた。

じんわりと感激に浸っていると、ドタドタと沙耶が部屋に戻ってきた。

「聡史くん、お待たせ」

そう言った後、私を見て、沙耶は目をぱちりと開いた。

「あれ、お姉ちゃん、まだいたんだ？」

何気ない、悪気のない言葉にグサリと胸が痛む。

「『お姉さんなんて呼ばないで』って言うから、今なんて呼んだらいいか聞いてたんだ」

すかさず、聡史くんがフォローしてくれる。

妹はふぅんと洩らし、私と聡史くんを交互に見た。

「で、なんて呼ぶことにしたの？」

「『果歩ちゃん』って呼ばせてもらうことにした」

「なんか変なの」

と沙耶は小さく吹き出す。

他愛もないやりとりだ。

それなのに、なんだかやりきれなくて、涙が出そうになった。

「それじゃあ、邪魔してごめんね。ごゆっくり」

私はトレイの上に載ったままの自分のマグカップを持って、逃げるように沙耶の部屋を出る。

そのまま隣の自分の部屋に入るなり、はーっ、と大きく息を吐き出した。

トレイを机の上に置いて、ベッドに倒れ込む。

聡史くんに会えて、嬉しかった。

聡史くんと会話できて、嬉しかった。

名前を呼んでもらえて、感激だった。

それと同時に、嬉しかった分だけ、苦しかった。

ズキズキと、胸が痛い。

好きな人が妹の彼氏というのは、心に堪える。

今頃、私の姿がなくなった隣の部屋で、二人はどうしているのだろう？

そんな勝手な想像をしては、泣きそうになる。

最近は、息することすら苦しいと思う時がある。

好きになんてなりたくなかったのに……。

——どうして好きになっちゃったんだろう？

＊

きっかけは、二ヶ月前だった。

その時も聡史くんがうちに遊びにきていて、たまたまリビングで二人になった。

急に沙耶が、『友達から電話きた。ちょっとごめんね』と席を外したのだ。

いきなり妹の彼氏と二人きりにさせられたことが気まずく、私は会話を避けるように手にしていた文庫本に目を向けていた。

「あれ、それ、『夜のピクニック』？」

聡史くんは、背表紙を確認しつつそう訊ねてきた。

私は戸惑いながら、ぎこちなく答える。

「うん、そう。一度、読み終えているんだけど、好きな本で」

「俺もその本、好き」

私は心底、驚いた。

聡史くんは爽やかで、沙耶の話では高校時代はサッカーをしていたそうだ。

本を読むイメージがなかった。

彼女の姉である私に話を合わせているだけなのだろうか？

一瞬、そう思ったけれど、次の言葉を聞いて、そうではないと確信した。

「この本を読んで、『ただ歩いているだけの話なのに、こんなに面白いってすごい』って感動したんだよね」

恩田陸の『夜のピクニック』は、とある街の高校が舞台だ。

その高校には、「歩行祭」という高校生活最後を飾るイベントがある。

生徒たちは夜を徹して八十キロを歩くという、その高校の伝統行事だった。

聡史くんが言った通り、この小説は「歩行祭」を描いているため、基本的にずっと歩いている。生徒たちがみな学校生活の思い出や、卒業後の夢などについて語りながら歩くなか、小さな賭けに胸を焦がす者もいて――。

そんな、「ただ歩く」という単純なシチュエーションの中に、青春がギュッと詰め込まれた作品だ。

「私も、同じように思った。『ただ歩くだけの話がこんなに面白いなんて』って」

それで、と私は続ける。

「聡史くん、本を読むんだね？」

「うん、結構好きで。意外って言われるけど」

私は思わず笑う。

「俺の家、ずっと転勤族で全国転々としたんだ。すぐに馴染めるところもあれば、そうじゃないところもあって、そういう時、結構本に救われたというか」

「それはすごく分かる」

本を読むというのは物語の中に没頭できるのはもちろん、『何もしていない人』から『何かしている人』にも変われる。

「……聡史くんの好きな本って？」

「あー、それを聞かれるとほんと迷うけど、『流星ワゴン』とか」

重松清・著『流星ワゴン』。

主人公はリストラされ、妻からは離婚を言い渡されている人生ドン底の中年男性だ。

『死んじゃってもいいかなあ、もう』と思っているところに、一台のワゴン車と出会う。

ワゴンには、偶然見た新聞の交通事故の記事で死亡が報じられた親子が乗っていた。

主人公は、親子に誘われてワゴンに乗り込む。

そして、そのワゴンは、主人公を人生の分岐点へと連れ戻す——というもの。

私も大好きな作品であり、思わず、わっ、と声を上げてしまった。

「『流星ワゴン』、いいよね、すごく好き」

「ああいう、大人に向けたファンタジーっていいよね」

うんうん、と私は前のめりで同意する。

「大人向けファンタジーとは少し違うけど、私は『西の魔女が死んだ』とかも好きで」

「あれは超名作。映画も良かったよね」

「うん、良かった」

「あと、俺、『マリアビートル』とか伊坂幸太郎作品が大好きで」

「いいよね、かっこいい」

ひとしきり、好きな本について語り合った後、顔を見合わせて笑い合った。

「お姉さんは本が好きなんだね。沙耶はまったく読まないのに」

「沙耶は昔から、活字が苦手だから。それに本好きの私をちょっと馬鹿にしてて」

「馬鹿にって、どうして?」

「どうしてか分からないけど、この前、京極夏彦の百鬼夜行シリーズを読んでたら、『そんな辞書みたいな本を読むなんて気が知れないわ』って言われたり……」

　そう言うと、聡史くんは、ぷっ、と噴き出した。

「百鬼夜行シリーズはたしかにえげつないけど。あれ、ほとんど鈍器だし」

　愉しげに笑う聡史くんを見て、私もつられて笑ってしまう。

「俺は、読書を楽しめるって良いことだと思う。でも、楽しめない人が良くないとは思ってないんだけどね」

　その言葉が、私の胸に響いた。

　沙耶に馬鹿にされながら、私自身、沙耶に対して冷ややかな目を向けていたのだ。

　読書を楽しめることは良いことで、楽しめないからと言って良くないわけではない。

　それぞれで良いのだと。

　あらためて、今まで沙耶が連れてきた彼氏とはまったく違っている。

「あの、沙耶と聡史くんって、どうやって知り合ったの?」

　思わず訊ねると、あー、と聡史くんは、少しばつが悪そうに頭を掻いた。

「えー、いや、なんていうか、普通に合コンで」

「あ、そうなんだ。聡史くん、沙耶がタイプだったの?」

溢れる好奇心に任せて訊ねると、うーん、と彼は腕を組んだ。

「その時、友達に誘われて暇だったし、彼女もできれば欲しいし、『良い出会いがあればいいな』って感じで参加して。けど、いざ参加してみれば、結構な大人数で。まとまりのない中、解散の時間になったんだ。二次会に行く人たちは集まってたけど、俺は次の日は朝早いから帰ろうとしてたんだよね」

そしたら、と聡史くんは、思い出したように頬を緩ませる。

「沙耶が勢いよくこっちに向かって走ってきて、ガッと俺の腕をつかんで、『お願い、連絡先教えて！』って言ったんだ。その勢いにビックリした。この子凄いな、って」

私は納得して、大きく首を縦に振る。

その時の沙耶の姿が目に浮かぶようだ。

沙耶はいつも自分の欲しい物にまっすぐ。

そういう子が、幸せを摑むのだろう。

臆病で、変にプライドが高い私には絶対できないこと。

「お姉さんは合コンとか行かないの？」

「私、そういう場に行っても気圧されるだけで、何もできなくて……結局、疲れて帰ってくるだけだから……、なんていうか苦手で。でも、正直出会いはほしいなとかは思うんだけど」

私がしどろもどろに言うと、聡史くんは穏やかな口調で言う。

「別に出会いを焦る必要ないと思うな。なんて、合コンで知り合って付き合ってる俺が言うのもアレだけど。お姉さんなら絶対そのうち、良い人と出会えるよ」

その言葉が、とても温かかった。

私は沙耶と違い、交際経験が一度もない。それどころか、同世代の男の子とこんなふうに他愛もない話をしたことがなかった。

だから、鴨の刷り込みみたいな状態だったのだろう。

とても簡単なもので、その日、私は聡史くんに恋した。

自分でも分かっている。

『この恋心は本物じゃなくて、錯覚なんだ』と、ちゃんと自分に言い聞かせている。

それでも、苦しいのだ。

黙っていると、涙が出そうになるのだ。

好きになった人が『友達の彼氏』ならば、私の目に入れないように生活することもできるだろう。

けれど妹の彼氏を好きになってしまったら、逃げることもできない。

鴨の刷り込みでも錯覚でも、圧迫されるように苦しい想いは本物で、今ならこの胸を何かでひと突きされても、それ程痛くは感じないんじゃないかと思うほどだ。

ベッドにうつ伏せになっていると、コンコン、とドアをノックする音が響いた。

横たわったまま、どうぞ、と私は声をかける。

「あ、聡史だけど、ドア開けてもいい？」

私は弾かれるようにベッドから降りて、ドアを開けた。

すぐ目の前にいる聡史くんに、心臓がバクンと音を立てた。

彼はもう帰るところなのか、バッグを肩から下げている。

「わ、あの、どうしたの？」

声を裏返らせながら訊ねると、聡史くんはにこりと笑った。

「『揚げもみじ』、せっかくティッシュに包んでたのに、忘れていったから」

と、ティッシュに包まれた『揚げもみじ』を差し出した。

「あ、うっかりしてた。ありがとう」

私はそれを受け取って、あはは、と笑っていると、彼は本棚に目を向けて、しみじみと洩らした。

「本棚にびっしり本が……本当に本が好きなんだ」

私が、何も言えずにいると、ごめん、と聡史くんははにかみ、

「実は最近、読んで良かった本があって……この本、知ってる？」

と、バッグの中から本を出した。

タイトルは、『カラフル』。森絵都・著だ。

あっ、と私が声を上げる。

「知ってる。気になってたけど、まだ読んでなかったの」

「良かったら、どうぞ」

「わぁ、ありがとう」

心からそう言って本を受け取ると、彼は、良かった、と嬉しそうに目を細めた。

その微笑みに、また胸が詰まる。

次の瞬間、

「聡史くん、行こうよーっ！」

と、階下から沙耶の声が響いた。

ちくり、と胸が痛む。ときめいた分、痛みも鋭い。

それじゃあ、と聡史くんは、片手を上げて、階段を下りて行った。

聡史くんに気に掛けてもらえて、読んだ本が良かったから私にも、と思ってくれたことが嬉しかった。

だけど、その嬉しさがすべて苦しさにつながる。

私も部屋を出て階段を下りると、ちょうど二人が家を出て行ったところだった。

気が抜けたようなホッとしたような気持ちでリビングに入ると、母が上機嫌でこちらを見た。

「聞いて、果歩。聡史くんがね、『お母さん、揚げもみじ、最高でした』って。聡史くんって、本当に気遣いのできる子よねぇ。沙耶は幸せだわ」

うん、と私はうなずいて、ソファーに腰を下ろす。

聡史くんが、母の好物である『もみじ饅頭』を買ってきたのも、私を気遣うのも、『沙耶の身内』だからだ。

つまりは、それだけ沙耶を大切に想っているということ。

分かっているけれど、母の何気ない言葉に、また傷付く。

そして、いちいち傷付く自分にも嫌になる。

この恋心がなければ私も母のように手放しで、彼を評価できるのだろう。

「お母さんも昔、沙耶ほどじゃないけど、結構やんちゃでね。でも、お父さんと出会って、かなり落ち着いたから、沙耶は本当にお母さんと似ているのかもしれないね」

母はそう言って、ふんふん、と鼻歌を歌いながら、夕食の支度を始めている。

ふと、伯母のことを思い出した。

伯母は、かつて既婚者だった伯父に恋をしたのだ。

そのことを知った時、大好きだった伯母に対して、少し嫌悪感を抱いてしまった。

以前よりも、手放しで好きだと思えなくなった。

だけど、今の自分は伯母と同じだ。

いや、妹の想い人に横恋慕《よこれんぼ》しているのだから、私の方が性質《たち》が悪い。

叶わない恋をしている人たちは、どうやってその恋心を消すんだろう?


ある夜、自室で勉強をしていると、珍しく東京に住む従弟の総悟から電話がきた。

今度、旅行で広島に来るのだという。

『さすがに、果歩ちゃん家《ち》に寄る時間はないんだけどね。広島のおすすめの場所があったら教えてもらいたくって。やっぱり原爆ドームかな?』

と、総悟が訊ねる。

電話口の声がすっかり大人になっていて、なんだかむず痒い。

総悟は伯母に似て、綺麗な顔をしていたから、今や男前に成長したことだろう。

「そうだね、おすすめはまず宮島へ行って、そこからフェリーに乗って、平和記念公園まで移動することかな。彼女も喜ぶと思うよ」

そう言うと、総悟は笑う。

『いやいや、彼女と旅行とかじゃなく、高校の研修旅行だから』

「あっ、そうなんだ。てっきり彼女とかと」

『彼女なんていないし』

「総悟はモテそうだけどね」

いやぁ、と総悟は弱ったような声を出す。

『なかなか好きな人ができなくて……』

そうなんだ、と私は相槌をうつ。

「あのさ、総悟、聞いてもいい？」

『うん？』

「こんなこと聞くのちょっと恥ずかしいんだけど、総悟の場合、私と沙耶、付き合うならどっちがいいと思う？」

口にしてから、なんてことを聞いているんだ、と私は後悔した。しかし、

『え、果歩ちゃんだよ』

総悟が即答したことに私は驚いた。

「そんな、気を遣わなくていいんだ。よいしょが聞きたくて言ったんじゃなくて」

俺さ、と総悟が遮るように言う。かつては、『僕』と言っていた男の子も、すっかり一人称が『俺』に替わっていた。

『たまたまなんだけどね、俺のことが好きだって言ってくれる女の子って、頼ってくるタイプばかりなんだよね。俺、一人で生きられない雰囲気の子って苦手で……』

総悟の話を聞きながら、伯母——総悟の母親を連想した。伯母は、夫に頼りきりで、

一人では生きていけなさそうなタイプの女性だ。

そういう女性を好む男性も多いが、総悟はそんな母親の姿を見すぎていて、苦手になってしまったのかもしれない。

だから、と総悟は続けた。

『果歩ちゃんは、いつも自分の足でしっかり立っている感じがして。そういうところ、カッコいいなと思ってたよ』

総悟は、気遣い屋だ。だから、おべっかであるのは分かっている。

今の私は、ちっともカッコよくない。嫉妬に苦しんで、一人で立つのもおぼつかない。それでも、総悟の言葉に私は少し救われた。

「ありがと、総悟。そうそう、私が広島に来て、素敵だなと思ったのは、路面電車が多いところなんだよね。縦横無尽に走ってて、どこかレトロで素敵だからぜひ注目してみて」

そう言うと総悟は、ありがとう、と嬉しそうな声を出していた。

それから、しばらくして、私は事件を起こしてしまう。

『その日』は、朝から調子が悪かった。

一応は大学へ向かったものの、やはり駄目だ、と引き返して、ベッドにもぐりこんだのだ。

父と母は仕事に出ていて、妹は美容学校。家には私一人だ。

顔が発火するように熱いのに、全身が寒くて震え、節々が鈍く痛む。

ああ、これはもう完璧に風邪だ。インフルエンザとかじゃなきゃいいけど……。

そう思っていると、階下から賑やかな声が聞こえてくる。

「大丈夫、今、家に誰もいないし」

と、妹の声が響く。相変わらず、よく通る声だ。

階段を上る音がして、隣の部屋のドアが開き、そして閉まる音がした。

沙耶は美容学校に通い始めてから、学校をサボるようなことはしていない。

今日は、おそらく早く終わる日なのだろう。

あとで、スポーツドリンクを買ってきて、ってお願いしよう。

熱に浮かされながら、そんなことを思っていると、ややあって隣の部屋から軋《きし》むような音が聞こえてきた。

ぞくり、と背筋が寒くなる。

この家の壁は、厚くはない。

妹の、そんな声は聞きたくないと、私は慌ててイヤホンを耳に入れる。

『大丈夫、今家に誰もいないし』

そう、沙耶は私がいるなんて、思ってもいないのだろう。

私はギュッと目を閉じ、布団を頭からかぶる。

どうして、こんな想いをするのか？

きっと、妹の彼氏に横恋慕なんてしているから、罰が当たったのだ。

早く忘れなさい、と神様に言われているようだ。

苦しくてやりきれなくて、私は声を殺して涙を流した。


どのくらいの時間が経ったのか……。

どうしようもなく喉が渇くのを感じて、私は目を覚ました。

おそるおそる、イヤホンを外してみると、悪夢のような音は静まっていた。

きっと二人は部屋にこもったままだろう。

私は、ヨロヨロとベッドから這い出て、音を立てないように階段を下りる。

キッチンに入ったところで、沙耶と出くわした。

「え、あ、お姉ちゃん……いたんだ？」

沙耶は声を上ずらせながらそう言って、私を見る。

私はつい、沙耶の乱れた髪と乱れた服に目を向けてしまう。

「うん、熱が出て、早退してきて……」

「え、マジで？」

「今、聡史くん、来てるの？」

そう問うと、沙耶は目を泳がせた。

「あ、うん、まぁ……」

「そうなんだ。私、ずっと部屋で熟睡してたから……」

『だから、あなたたちが発した音は、耳にしていないよ』

そんなニュアンスでそう告げると、沙耶はホッとしたような表情を見せる。

「にしても、熱なんて大丈夫？　マジで顔赤いね」

沙耶はそう言うと、私の額に向かって手を伸ばしてきた。

私は思わず、沙耶の手を払う。

「やめて、汚い！」

沙耶は驚いたように目を見開き、凍りつきそうな沈黙が訪れた。

「……自分の部屋であんなことする時は、家に誰もいないことをしっかり確認してからにして」

こんなこと、言うつもりはなかったのに思わず口にしていた。

沙耶は途端に冷ややかな表情になり、鼻で嗤《わら》った。

「だから『汚い』ってわけ？　まぁ、別にいいけど。お姉ちゃんは、お綺麗だもんね。

ずっとお綺麗なままでいたら？」

そう吐き捨てて、沙耶は階段を駆け上がっていった。

私は、うっ、と嗚咽を洩らして、その場にしゃがみこむ。

胸が痛い。

どうしたらいいんだろう？

気持ちを隠して、好きな気持ちを殺そうと努力しながら、想いは膨らむ一方だ。

募る嫉妬に狂いそうで、焦げるような気持ちに何もかも乱される。

『恋すると綺麗になる』

なんて私には、嘘だ。

こんなに醜い自分は、自分でも大嫌い。

自分を責めて、妹を羨んで、彼に焦がれて自分が壊れそうだ。

これじゃあ、『源氏物語』の六条の御息所だ。

光の君を想うあまり、生霊になってしまう。

そんなのは、嫌だ。

こんなことなら、もう恋なんてしたくない。

このままこの熱が上昇して、何もかも煙となって蒸発してしまえたら、楽になれるのかな？

その場に膝をついて、声を殺して涙を流していると、
『告白しちゃいなよ』
と、どこからか声がした。
えっ、と私は、顔を上げる。
そこは、リビングではなかった。
さらに言うと、家の中でもない。
オレンジ色の空と、空と同じ色に染まっている海。
海の上には、朱色の鳥居が浮かんで見えた。
「え……、ここは……？」
――宮島だった。
私は、パジャマを着たままなのに。
慌てたが、辺りには嘘のように誰もいない。
それじゃあ、どこから声がしたんだろう？
周囲をぐるりと見回すと、海に面したベンチに女性が二人並んで座っていた。
あのベンチには、見覚えがある。
岩手の祖父が作ったベンチだった。
並んで座っているのは、若かりし日の母と伯母だ。

『叶わない恋だから、なんて、ウジウジしていても仕方ないじゃない』

と、母が、伯母にハッパを掛けている。

伯母は、でも……、と俯いていた。

『告白自体、しちゃいけないことだと思うの……』

『相手に彼女がいたって、告白くらいしてもいいわよ。そもそも想いを告げないと前進できないでしょう? ちゃんと想いを告げて、きっちり振られて、綺麗に失恋して前に進むってのもアリだと思うよ』

母はどうやら、伯母の好きな相手が既婚者とまでは思っていないようだ。

伯母自身、『好きな人には、奥さんがいるの』とは言えなかったのだろう。

伯母はしばし黙り込み、

『そうだね……、告白して、玉砕してみることにする』

と、意を決したように顔を上げた。

『うん、骨は拾ってあげる』

そう言った母に、伯母は愉しげに笑っていた。

その光景を見ながら、私は、そっか、洩らす。

伯母は、恋に終止符を打つために、伯父に告白したのだろう。

だけど、伯父は、伯母の想いを受け止めてしまった――。

それは、幸せなのだろうか、地獄なのだろうか？

答えが出せないまま、私は厳島神社の鳥居を眺めながら、海岸沿いを歩く。

ふと先日、聡史くんに借りた本、『カラフル』を思い出す。

『カラフル』は、こんな内容だった。

肉体を失い、魂だけになってしまった主人公が、突然天使に声をかけられるところから始まる。天使いわく、『あなたは当選しました。ある人の肉体にホームステイして自分の罪を思い出せれば、輪廻に戻してあげます』とのこと。

この『魂』のホームステイ先が、とんでもない人たちの巣窟《そうくつ》で——。

魂の正体を知ったとき、自分の人生をしっかり生きたくなる、そんな作品だ。

最後のページに、付箋のメモが貼ってあった。

「この本、感情が揺さぶられるよね。果歩ちゃんはどうだった？」

私はそのメモを見るなり、ぼろぼろと涙が出た。

たしかに、この本を読んで感情が揺さぶられた。

だけど、それ以上に、彼のメモに胸をつかまれたのだ。

その時、思った。

お願いだから、もう私の心から出て行ってほしい、と。

勝手に想っているだけなのに、図々しい話だ。

本当に私は、性質が悪い。
男性経験が乏しいせいなのだろうか？
こんな姉を持った沙耶が、可哀相だ。
「ごめんね、沙耶……」
海を眺めながら、静かにつぶやく。
夕暮れの空には、くっきりとした三日月が浮かんでいる。
まるで、私の心を両断する刃物のようだ。
ちょうど月の下に鳥居があり、異世界への入口になっているようにも見える。
厳島神社から、二人の巫女が出てきて、海面を渡っていく姿が見えた。
えっ、と私は目を凝らす。
次の瞬間には巫女の姿はなくなっていて、代わりに二匹の猫がいた。
丸いテーブルと椅子を出して、鳥居の前にセットしている。
海の上に、だ。
ぽかんとしていると、二匹の猫が私に向かって、手招きをした。
「えっ、私？」
と、私が自分を指差すと、猫は大きくうなずく。
行けるわけがないと思いながら、海に一歩足を踏み出すと、海面に足が沈むことなく、前に進めた。

まるで浅い水溜まりの上を歩いているような感覚がする。

二匹は、黒猫と真っ白なペルシャ猫だった。黒猫はアメジストのような紫色、ペルシャは金色の瞳のとても美しい猫たちだ。

「いらっしゃいませ。『満月珈琲店』へようこそ。今宵は三日月ですが、仲間のたっての希望で臨時開店しております」

「どうぞどうぞ、さあ、お座りください」

今夜は三日月だけど、仲間のたっての願いで、満月珈琲店を臨時開店――？

私は何もかもが分からないまま、猫たちに促されて、椅子に腰を下ろす。

ここは店員が姿を隠さない『山猫軒』なのだろうか？

黒猫とペルシャ猫は、私の前に並んで座り、

「はじめまして、私はルナと申します」

「私は、ヴィーナスです。ヴィーでいいわ」

黒猫、ペルシャの順にそう言ってお辞儀した。

私は戸惑いながら、頭を下げ返す。

「あ、松浦果歩です」

ヴィーは、うふふっと嬉しそうに微笑んだ。

「女子会ね。ようやく、恋の話ができるのが、本当に嬉しい」

「ほんと、ヴィーは恋の話が好きね」

ルナは、少し呆れたように横目で見た。

「そりゃそうよ。私は恋愛と娯楽を司る『金星』の遣いなんだから。ちょうど、果歩さんの年齢域ね」

「年齢域？」

私が訊き返すと、大体十六歳から二十五歳が『金星』の管轄であり、この時期に趣味や娯楽、恋愛など、『好き』という感性を高めるのだと教えてくれた。

「果歩さんは、ちょうど金星期真っ只中。恋って、本当に素敵なものよ」

うっとりして言うヴィーを前に、私は苦々しい気持ちになり、眉間に皺を寄せた。

「『恋が素敵』って言えるのは、素敵な恋をしている人たちだけです」

そう言うと、ヴィーとルナは何も言わずに、私を見詰めた。

「私みたいな恋をしている人は、全然素敵じゃない。苦しいし、醜くなるだけ。勝手に妹の彼氏を好きになって、悶々《もんもん》としてる。私は、こんな自分が大嫌い。こんなことなら、恋なんてしたくなかった。聡史くんに、出会いたくなかった！」

でも、と私は続ける。

「それでも、好きなんです。どうしようもないんです。どうしていいか分からないんです。星の遣いだというなら、どうしたら良いのか、私に教えてください」

そう言って、わっ、と私は泣き崩れた。

泣き伏せている間、二匹は何も話しかけてこなかった。

八つ当たりのように言って、泣き喚《わめ》いた私に呆れているのかもしれない。

急に恥ずかしくなって顔を上げると、ヴィーとルナが目の前でケーキを作っていた。

パイ生地の上に、カスタードクリームを塗っている。

えっ、と私は目を丸くした。

「あっ、もう、泣き止んじゃった」

「顔を伏せている間にケーキを完成させる予定だったのに」

二匹は残念そうに言って、肩をすくめる。

「まぁ、いいわ。せっかくだから、果歩さんにも手伝ってもらいましょう」

そう言ってルナはバットを出した。その中には薄切りのりんごが並んでいる。

「りんご？」

「これから、アップルケーキを作るのに、この薄切りりんごを一枚ずつ並べていくの。

さっ、やってみて」

と、ルナは、私に向かって言う。

「やってみて、ってどういう風に？」

素手でりんごを載せていくのだろうか？

「このケーキ台の両サイドに手を置くだけでいいわ。包むようにね」

はぁ、と私は相槌をうつ。

予想もしなかった展開についていけない。

「あ、そうか。夢だからか」

私は妙に納得して、言われた通りケーキ台を包むように両手を置いた。

「それじゃあ、自分が覚えている一番昔の記憶から思い出していって」

ルナにそう言われて、私は考える。

自分が覚えている一番昔の記憶は、三歳の誕生日だ。

ロウソクの火を消したかったのに、沙耶に邪魔されて上手くできず、私は大泣きしてしまった。

だというのに、母は少し愉しそうに私を抱き締めたのだ。

私が泣いてるのに、どうして笑ってるの、と怒った記憶がある。

今振り返れば、母はそんな幼い私が可愛くて仕方なかったのだろう。

過去の記憶を思い出していると、薄切りりんごがふわりと浮かんでケーキの上に載った。その瞬間、りんごは金色の光を放った。

私が驚いていると、ルナがにこりと目を細める。

「いいわね、どんどん、思い出して」

幼稚園での行事、小学校の入学式、学校の成績で両親に褒められたこと。

思い出していくごとに、りんごが綺麗に並んでいく。

「この三日月の形をしたりんごは、『月』の象徴よ。月は、生まれてから七歳くらいまでを管轄している。だけど、月は『本能』で『心』だから、月の時期に得た想いや記憶は、人生にずっとかかわっていくわね」

うんうん、とヴィーが相槌をうつ。

「まさしく、『三つ子の魂、百まで』ってやつね」

「そうね、的を射た言葉だわ。月はすべての始まりで、『内側の自分』だから常に自分の人生に影響してくる。『内側の自分』の言葉を蔑《ないがし》ろにしてしまっては、何もかも上手くいかないものよ」

と、ルナは小さく笑い、私を見た。

「まず人間は、最初、『太陽』を目指すもの」

太陽……、と私が反芻《はんすう》すると、ルナはうなずく。

「人間の言葉で言うと『成人』ね。年齢域は二十六歳から三十五歳くらいまで。その時にしっかり輝くために、月の時期、水星の時期、金星の時期に、必要な学びをしていくもの」

月の時期は、土台を作り、水星期では知識とコミュニケーションを、金星期では、恋愛や趣味や娯楽を学ぶ。

ちなみに、とルナが言う。

「それらの時期に、管轄する惑星を『ようやく使いこなせるようになる』というだけで、すべての惑星は常に自分に作用しているわ」

月は、内側の自分、本能と心。

水星は、知性とコミュニケーション。

金星は、趣味、娯楽、恋愛。

太陽は、表側の自分、自分を表現する。

火星は、情熱、行動力、戦う力。

木星は、自分の強み、受容と拡大。

土星は、課題と責任、安定の象徴。

天王星は、これまでの常識を一度手放し、枠を超えていく。

海王星は、目に見えない意識のイメージ。境界線を失くす。

冥王星は、破壊と再生。

若者は、まず、月、水星、金星を経て、ようやく、太陽期、自立を迎えるのだという。

自立とは親元を離れることではなく、自分の足で人生を歩き出すということだと、二匹は教えてくれた。

「果歩さんは、水星的な学びには熱心だったけど、金星的な学びは物語を楽しむことにばかり傾倒して、恋愛はあえて避けてきたところがあるわよね？」

ルナがそう言うと、ヴィーがすぐに補足する。

「あっ、金星期に恋をしていないのは、悪いことじゃない。なんといっても縁だから。でも、果歩さんの場合は、本当は『恋をしたい』と思いつつ、その気持ちに蓋《ふた》をしてきたんじゃないかしら？」

ずばり、言い当てられて私は思わず俯いた。

「……そうですね。『私は沙耶とは違う』って、避けてきたところがあります」

ヴィーの言う通り、本当は人並みに男女交際に興味があったし、彼氏もほしいと思っていた。

「欲求や本能も月の感覚なんだけど、そういうのを抑え込んでいると、ある時、制御が利かなくなって暴走するのよね。あなたが読んだ物語の『六条の御息所』もきっとそうだったんだと思うわ」

六条の御息所は元々、亡くなった東宮に愛された未亡人だ。

だけど、もしかしたらその時には恋をしておらず、光の君に出会い、初めての感情を覚えたのかもしれない。

そして、伯父と伯母もそうだったのではないだろうか？

伯母は恋愛とは無縁のまま大人になった。伯父は前の奥さんと見合いで出会い、結婚したという。

もしかしたら、二人揃って恋愛を知らないままいい年の大人になった可能性がある。

つまり、と私は自嘲《じちょう》気味に笑った。

「今の私もそうだってことですよね？　ちゃんと、金星の学びをしないまま、金星期も後半まできていて、制御が利かなくなってるって？」

ルナとヴィーは揃って首を横に振った。

「そうは言わないわ。ただね、この三日月を綺麗に並べていくように、ひとつひとつの想いを大切にしてほしいの」

「私も同感。果歩さんは、『どうしていいか分からない』って言っていたけど、まず、自分が本当はどうしたいのか、落ち着いて、ひとつずつ考えてみて」

二匹は優しい口調で、私を諭す。

どうしたいか――。

聡史くんのことは好きだ。

だけど、沙耶を苦しめてまで、付き合いたいとは思わない。

この気持ちがなくなればいいのに、と思う一方で、この恋心を愛しく感じている。

そっか、と私は静かに洩らす。

「つらいけど、私はちゃんとこの恋を大切に思ってるんだ。それって人がどう言おうと、良い恋をしているってことですよね」

そう言った時、両手の間にあるケーキが眩しく光った。

気が付くと、アップルケーキができあがっている。

まるで星の光が降り注いでいるかのように、キラキラと瞬いていた。

「『三日月りんごのアップルケーキ』、完成ね」

パチパチ、と二匹は拍手をした。

ルナが嬉しそうに目を細める。

「さっきも言った通り、月は『心』。心の声に耳を傾けることが大切。外側の宇宙では、太陽の光が月を輝かせているけど、あなたの中――内側の宇宙は逆。月を満たすことで、太陽が輝く。太陽はあなたの表看板。人生が輝くということよ。ここでの出来事を忘れてしまっても、どうかこのことを忘れないで」

はい、と私は強く首を縦に振った。

「さあ、食べましょう」

ヴィーはどうやったのか、ぱちんと指を鳴らす。

次の瞬間には、ケーキがカットされ、紅茶の用意もできていた。

カップ&ソーサーからは、ほんのり甘い、りんごの香りが漂っている。

「せっかくだから、アップルティーにしたの」

いただきます、と私はアップルケーキにフォーク入れて、口に運ぶ。

サクッとした食感と甘酸っぱさが、口の中いっぱいに広がった。

どうしてなのか、これまでの幸せな記憶が走馬灯のように脳裏に映し出され、涙が止まらない。

同時に、自分がどうしたいか、そしてどうするべきなのか——。

心が決まった気がした。


気が付くと、私はベッドの上にいた。

リビングで倒れているところを沙耶が見付け、聡史くんが運んでくれたのだという。

そのことを聞いた時、穴があったら入りたい、と羞恥心にかられつつ頭から布団をかぶった。

そのまま眠りにつき、一晩経った翌朝にはすっかり体調は良くなっていた。

熱で浮かされていた時に見た夢は、今も自分の胸に残っている。

あの美しかった宮島の風景。

伝えられた、大切な言葉たち。

そして、あの時に決めた自分の決意を……。

「告白しよう」

自分の中に抱えたままでは、前に進めない。

打ち明けることで、どうなるか分からないが、それでも打ち明けたい想いを大切にしたかった。

何より、相手も私の想いに気付いていると思うのだ。


チャンスは、思ったより早く訪れた。

また、リビングに二人きりになり、私は聡史くんから借りた本を手にそっと近付く。

心臓がバクバクと音を立てていた。

突然の告白に、きっと驚くに違いない。

緊張に顔を強張らせながら、私はそっと口を開いた。

「……沙耶」

背後から声を掛けたので、沙耶は驚いたように振り返った。

「わっ、びっくりした。どうしたの？」

ごめん、と私ははにかむ。

「どうしても……伝えたいことがあって」

そう言いながら早くも私の目頭が熱くなって、涙が滲んできた。

「あのね……」

沙耶は何も言わずに、ただ目を見開いて私を見ていた。

「私ね、聡史くんを好きになってしまっていたの」

打ち明けるなり、堪えきれずに私の目から涙が零れ落ちる。

水を打ったような静けさが襲った。

沙耶の目と鼻がみるみる赤くなっていく。

「……気付いてたよ、そんなこと」

そう言って沙耶は、体を小刻みに震わせた。

「やっぱり、気付いてたんだ……」

「そりゃそうだよ。だって、お姉ちゃん、分かりやすいんだもん」

私は何も言わずに、沙耶を見る。

「本当はね、あの日お姉ちゃんが家にいること知ってたんだ。聡史くんのこと諦めてほしくて、わざとだったの。ただ、あの時は、お姉ちゃんが想像しているようなことはしてない。聡史くんに『ご家族が帰ってくるかもしれないのに』って断られたから。ただ、ちょっとベッドで跳ねたりして、それっぽい音を立ててみたの」

目に涙を浮かべながらそう言った沙耶を見て、私の胸が詰まる。

沙耶は沙耶で、葛藤や焦りがあったのを私はこの時初めて知った。

私はどれだけ、自分のことしか見えてなかったのだろう？

「ごめんね、沙耶……。沙耶の彼氏を勝手に好きになったりして、ごめんね。つらくて沙耶に当たり散らすようなこともあったりして、本当にごめんね」

そう言いながら涙が止まらない。

沙耶もボロボロと涙を零し、嗚咽を洩らしながら言った。

「私こそごめんね。お姉ちゃんの気持ちに気付きながら、傷付けてごめんね。最初は、ずっとお姉ちゃんに劣等感を持ってたから、仕返ししたい気持ちもあったんだ」

えっ？　と私は訊き返す。

「私は出来損ないの子どもだったから……。学校でも家でもいつも立派なお姉ちゃんと比べられてつらかったから……そんなお姉ちゃんが私の彼氏を好きになったことを知った時は、初めて勝てた気になってたの。だから、わざと家に連れてきたりして、傷付けてた。ごめん、ごめんね、お姉ちゃん」

沙耶はそう言って、子どものように涙を流した。

何を言っているんだろ？

私こそずっと、沙耶に劣等感を抱いてきたのだ。

いつでも華やかで、気ままで甘え上手な沙耶をどれだけ羨んだだろう？

たくさんの男の子と楽しそうに過ごす沙耶を見るたび、自分が女として枯れているような気持ちになっていた。

「だけどごめんね、お姉ちゃん。私も聡史くんが大好きで、彼だけは渡せないの」

馬鹿、と私は苦笑する。

「そんなの、当たり前じゃない」

「お姉ちゃん……」

私たちは向かい合って、涙を流した。

散々泣いた後、互いに泣き腫らした目を見て、今度は笑い合う。

私は大きく息をつき、彼から借りた本を差し出した。

「沙耶、これ聡史くんに返しておいて」

きっと、沙耶はもう、家に聡史くんを連れてこないだろう。

私からは返さない。

そんな意志を込めて、本を差し出した。

妹はしっかりとうなずいて、その本を手に取った。

「分かった。ちゃんと返す」

「ありがとう」

私はそのまま背を向けて、自分の部屋に向かった。

生まれて初めての『恋の告白』。

でもそれは、彼にではなくて妹にしたもの。

どこまでも、私らしいと苦笑する。

だけど今の自分は、結構気に入っている。

これでようやく、前に進めそうだ。

彼を想うとまだ胸が痛むけど、きっと時が解決してくれる。

いつかきっと、私も恋ができる。

私は、空を見上げて、そっと微笑んだ。

＊

あれから、十二年。

今、沙耶は控え室で、純白のウェディングドレスを身に纏っている。

私は、その眩しさに目を細めた。

「沙耶、とっても綺麗」

「ありがとう。やっぱりドレスも着たいよね。大丈夫？　お腹目立たないかな？」

沙耶はそう言って優しくお腹に手を当てた。

「大丈夫。妊婦だって分からないよ」

一年前から結婚生活を始めている沙耶は、めでたく子どもを授かっている。生まれてくるのは、半年後だ。私たちは待ち遠しくて仕方ない。

「それにしても、『宮島にカップルが行くと別れるから絶対に行かない』って常に言ってた沙耶が、宮島で結婚式を挙げるとはねぇ」

私がからかうように言うと、沙耶は肩をすくめた。

「カップルと夫婦は違うもの」

「そうだね」

私と沙耶は顔を見合わせて、笑い合う。

「お姉ちゃんもすごく綺麗。そのシックなドレスすごく似合ってる」

ありがと、と私ははにかむ。

「そういえば、お姉ちゃん。確認なんだけど、前にお付き合いしていた彼氏さんとは別れたんだよね?」

いきなりそんなことを言われて、私はぎょっとした。

「いや、沙耶、こんな日にそんな話……まぁ、別れちゃって、今はフリーだけど」

そっか、と沙耶は息をつく。

「お姉ちゃんって時々、彼ができてもなかなか続かないね。もしかしてまだ聡史くんのこと忘れられない？」

ずばり問われて、私は苦笑した。

多くの人は、社会に出たら出会いが少なくなると言っているけれど、私の場合は、逆だった。学生時代よりも社会に出てからの方が、出会いに恵まれるようになった。

それでも、付き合ってみると『何か違う』と思ってしまう。

そういうのは伝わるもので、長くは続かなかった。

だけど、引き摺っているわけではない。

単に、彼を好きだったあの時の気持ちを越すことができないだけだ。

やはり鴨の刷り込みのようなものなのだろう。だけど、本当に恋に落ちる時は、過去の恋を吹き飛ばしてくれるものだと信じていた。

「まったく、そんな大昔の話はしない」

そんな私を見て、沙耶は意味深な目を見せていた。

次の瞬間、控え室の扉が開き、新郎が姿を現わした。

「わあ、綺麗だ、沙耶」

「哲也《てつや》くんも素敵だよ」

と、互いに褒め合っている。

そう、沙耶の旦那さんは、『聡史くん』ではない。

沙耶と聡史くんは、あの出来事から三ヶ月後に破局した。

原因は、聡史くんの浮気らしい。

爽やかに見えた彼も、ただの幻想だったということだろう。

「そういえば沙耶、総悟、来てるよ」

「えっ、本当？　呼んできて」

「分かった」

そのまま控え室を出ようとすると沙耶が、あっ、と声を上げ、封筒を差し出す。

「お姉ちゃんこれ読んで。私からのラブレター」

「えっ、何をあらたまって」

いいから、と、沙耶はいたずらっぽく笑った。

私は、その手紙を手にしながら控え室を出て、ロビーに向かう。

ロビーでは総悟が、雑誌を開いていた。

「総悟、沙耶が呼んでるよ」

そう言うと総悟は、嬉しそうに顔を上げた。

「えっ、本当？　それじゃあ、行ってくる」

総悟は雑誌をラックに戻して、軽い足取りで控え室へと向かった。

私はソファーに腰を下ろして、沙耶からの手紙を開く。

便箋に目を通していると、

「久し振り」

と、懐かしい声が響き、私は顔を上げた。

『お姉ちゃんへ
ずっと、不甲斐《ふがい》ない妹を大切にしてくれてありがとう。

なんでも私に正直に言ってくれたこと、本当に嬉しかったです。

たった一人、信じられる存在だとあの時強く思いました。

そんな私はお姉ちゃんに一つだけ嘘をついていました。

あの時伝えた、私と聡史くんが別れた理由。

聡史くんの浮気なんて言ってしまったけど、それは嘘なんです。

実は私がフラれたの。「沙耶のお姉ちゃんを好きになってしまったから、もう一緒にいられない」って言われたの。

聡史くんは、私と別れた後、お姉ちゃんと付き合いたいなんて思ってないと言っていたし、私も悔《くや》しくて、どうしてもずっと伝えられずにいたことを謝ります。

この前、たまたま聡史くんと再会したので、勢いで今日の披露宴に招待しちゃいました。もし、本当に聡史くんが来てくれたら……、置いてきた、お姉ちゃんの初恋のお手伝いを私にさせてください。不甲斐ない妹が出来る、きっと最初で最後の姉孝行かな？　その先のことは本人に任せるね。　沙耶』

私の目の前には、聡史くんがいた。

彼は以前と変わらず、それでも随分と大人びて洗練されているように見えた。スーツを着こなす姿が眩しい。

駄目だよ、沙耶。

こんな素敵な人には、きっと大切な誰かが隣にいるに違いないよ。

「元気そうだね、果歩ちゃん。すごく素敵になってて驚いた」

と、変わらない微笑みで聡史くんは言う。

「聡史くんこそ」

頬が熱くなり、思わずうつむくと、彼はばつが悪そうに頭を掻いた。

「――って、別れた彼女の結婚式に来るなんてドン引きだよな。この前、たまたま、美容室で会って……」

何も言えずにいると、彼は真っ直ぐに私を見た。

「だけど、沙耶が呼んでくれて嬉しかった。どうしても、もう一度果歩ちゃんに会いたかったから」
何度も言う。
彼のことを引き摺っていたわけではない。
ただ単に、彼への想いを越す人に出会えなかっただけだ。
だけど、彼を越す人は——やはり成長した彼なのかもしれない。
「私も会いたかった。聡史くん」
そう言うと彼は嬉しそうに目を細め、私の方へと歩み寄ってくる。
鼓動の強さに目眩《めまい》を感じるけれど、さっき総悟に宣言したばかりだ。
『もし、次に自分に好きな人ができたら、ちゃんと告白しようと思っているんだ』
あの時の告白は、あなたに伝えることができなかった。
今度はちゃんと自分で伝えよう。
私は深呼吸して、ゆっくりと口を開いた。

エピローグ

十月になると、札幌の大通公園は、秋を通り越して、初冬の装いだ。

まだ雪は降っていないけれど、木々の葉は散り、寒々とした風が吹いていた。

社長である桐島祐司と打ち合わせに行っていた真中総悟は、寒っ、とコートの襟を立てる。

公園内を歩いていると、コーヒースタンドが目に入った。

おっ、と桐島は顔を明るくさせ、

「この寒い中、大通公園のベンチで飲むコーヒーは最高だぞ」

と、コーヒーを二つ買い、総悟に手渡し、彼はベンチに腰を下ろした。

「あざます」

総悟は会釈して、ベンチに座り、コーヒーを飲む。

外が冷えている分、コーヒーの熱さが体中に染み渡るようだ。

「あー、マジで、最高っすね」

総悟がしみじみと洩らすと、だろ、と桐島は得意げな表情を見せる。

「そういや、淡路島のお姉さんの家はどうなったんだ？」

「あっ、いい感じにできそうです」

「一戸建てをブックカフェにリノベーションするんだよな？」

「ええ、元々の家の作りを活かして、なるべく費用がかからないよう設計できました。和室とかもそのまま使っていて」

へぇ、と桐島は相槌をうつ。

「ボランティアで手伝ってるんだよな？」

「そのつもりだったんですけど、姉が『仕事としてお願いしてるから、ちゃんと支払いたい』って言ってくれまして。そうは言っても、俺もまだ見習いみたいなものですし、少しだけ受け取ることにしました。それでまた、淡路島に行こうかなって」

ははっ、と桐島は笑う。

「すっかり、淡路島、気に入ったんだな」

「はい。それに、俺、ずっと一人っ子だったんで、姉と交流できるのが嬉しいんですよ。ま、姉みたいな人は他にもいるんですけどね」

と、総悟は笑う。

「夜のお姉さん？」

「違いますよ。従姉です。岩手の祖父母の家で遊んだんですよね」

その言葉を聞いて、桐島は、あー、と声を上げた。

「そういや、俺、思い出したんだ」

「えっ、何をですか？」

「岩手の『めがね橋』のことだよ。死体みたいに転がってたぼうずは、おまえだろ」

そう言われて総悟は目を瞬かせた後、小さく噴き出した。

「どうして、分かったんですか？」

「おまえの祖父母が岩手にいるって話だし、年齢的にも合うからな。あの時は妙に悟った大人びた少年だったよな。今のおまえの方が、ガキくさいんじゃないか？」

「俺は、子ども時代をおざなりにしてきたから、時間をかけてやり直してるんですよ」

なるほど、と桐島は笑う。

「で、いつまでも、モジモジした恋愛をしてるわけだ」

総悟はゴホッとむせて、手の甲で口を拭った。

すぐに居住まいを正して、桐島を見る。

「いや、もう俺は、はっきり告白しようって決めたんですよ」

「おお、ついに腹括ったか」

「ただ、その。同じ会社じゃないですか。しかも、俺と社長とあの子の三人だけの」

そうだな、と桐島は相槌をうつ。

「もし、振られたら、気まずすぎやしませんかね？」

「そりゃ、その時はおまえが辞めるしかないな」

間髪を入れずに言った桐島に、総悟は、ええっ⁉　と声を裏返す。

「俺、振られたら、追い出されるんですか？」

「だって、鈴宮さんはうちに必要な事務のスペシャリストで、おまえはもう独立できるだけの力を持ってるだろ？」

そう言われて、総悟は言葉に詰まった。

でも、と桐島が続ける。

「もし、二人が上手くいったら、うちの会社――『musubi』を二人で継いでくれよ」

そう言って笑った桐島を前に、総悟は驚き大きく目を見開く。ややあって、ははっ、と笑い、頭に手を当てる。

「そっか、桐島さん、若く見えるけど、実は、おじいさんの年齢ですもんね」

「おじいさんって言うな」

「惑星年齢域で言うと、もうすぐ天王星期です」

総悟がさらりと言うと、桐島は小首を傾げた。

「天王星期？」

「占星術ですよ。年齢と天体は関連があるそうです」

「総悟、占星術に詳しかったんだな？」

「詳しくはないんですけど、子どもの頃に興味を持って少しだけ……。で、七十一歳から八十四歳頃が、天王星期だそうです。これまで培い、積み上げたものや常識をいったん手放して、枠を超えていく時期だそうで……」

「なるほど。年老いてから自分の冒険へと旅立つ。『指輪物語』でいうところのビルボ・バギンズってところか」

「……譬えが上手すぎですね」

「それはさておき、総悟の告白が成功した暁《あかつき》には、淡路島へ社員旅行だな。みんなで総悟の姉さんのブックカフェを祝いに行こう」

総悟は頬を赤らめて、緩ませる。

「そんな大きなご褒美があるなら、賭けに出るしかないっすね」

「おう、がんばれ。張り切りすぎて空回りすんなよ」

総悟は、うっ、と胸に手を当てた。

「痛いとこ突かないでください。今、張り切ったシミュレーションが頭を過ってて」

「気持ち悪いな。さり気なくいけよ」

そうします、と総悟ははにかんで、空を見上げた。

景色は初冬だが、空はどこまでも高く、秋の色を見せていた。

月の星座で知るあなたの心の満たし方	
牡羊座 ♈	自分の感情を素直に表現し、感覚に従って行動しよう。
牡牛座 ♉	自分にとっての心地よさを追求し、そこでくつろごう。
双子座 ♊	楽しい交流や新しい情報の収集、好奇心に従って行動しよう。
蟹　座 ♋	家族や親しい人と、安心できる場所でリラックスしよう。
獅子座 ♌	自分の存在を外にアピール、表現しよう。
乙女座 ♍	目につく身の回りを整理整頓して、一息つこう。
天秤座 ♎	親しい人と楽しい時間を過ごし、その後は一人でのんびりしよう。
蠍　座 ♏	興味を持ったことをとことん深掘りしてみよう。
射手座 ♐	外国の文化や宇宙の神秘など、自分が興味を持ったことに触れよう。スポーツも〇。
山羊座 ♑	自分でしっかりスケジュールを組み、予定通りに行動してみよう。
水瓶座 ♒	自分らしさを知り、自分のしたいことを探究しよう。
魚　座 ♓	落ち着ける場所でのんびり過ごしたり、瞑想したりしよう。

金星の星座で知るあなたの恋の傾向	
牡羊座 ♈	一目惚れから恋が始まりやすい。恋のスイッチが入ると積極的に行動する。
牡牛座 ♉	穏やかな恋愛観の持ち主。一緒にいる時の居心地の良さや安定感が大切。一途になりやすい。
双子座 ♊	楽しい会話ができることを求める。恋人であり親友のような関係を持ちたい。
蟹　座 ♋	共感してもらえることが大切。何気ない日常のシーンに幸せを感じたい。
獅子座 ♌	心の奥でドラマチックな恋愛を好み、周囲から祝福されるカップルになりたい願望を持つ。
乙女座 ♍	清潔感のある人を好む。クールな恋愛観の持ち主だが、愛され願望は強い。尽くす面も。
天秤座 ♎	スマートで洗練された恋愛を求めている。愛情はちゃんと表現してほしい。見た目も重要。
蠍　座 ♏	恋した相手と深くつながりたい願望が強い。やや独占欲が強め。二人だけの世界を好む。
射手座 ♐	自由でのびのびした恋愛観の持ち主。束縛や重たいのは苦手な傾向。追われるより追いたい。深い会話をしたい。
山羊座 ♑	古風で、とても真面目な恋愛観を持つ。礼節を重んじる。心を開いたら、温かい愛情で相手を包む。
水瓶座 ♒	独特の恋愛観の持ち主。相手に興味を持たないと恋愛に発展しない。恋人というより、対等なパートナーのような関係を求める。
魚　座 ♓	お互いの境界線がなくなるようなとろける恋愛がしたい。相手に委ねがちで、ロマンチスト。寂しがり屋。

あとがき

いつもありがとうございます。望月麻衣です。

「満月珈琲店の星詠み」シリーズも五作目。おさらいをしますと、

1　満月珈琲店の星詠み
2　満月珈琲店の星詠み　～本当の願いごと～
3　満月珈琲店の星詠み　～ライオンズゲートの奇跡～
4　満月珈琲店の星詠み　～メタモルフォーゼの調べ～

という順番になっております。

順番通りじゃなくても大丈夫ですが、一作目から順に読んでいただいた方が楽しめる仕掛けを作っておりますので、どうぞよろしくお願いいたします。

占星術のお話としては一作目から四作目で月から冥王星までを書いたので、本巻はより占星術を分かりやすく、基本に立ち帰り、『惑星年齢域』に絞って書かせていただきました。四作目から章と章の間に表を入れるようになったのですが、これが好評だったので、今回も入れさせていただいております。太陽の星座だけではなく、他の天体の星座にも興味を持っていただけたら嬉しいです。

さて、今回は、『秋の夜長と月夜のお茶会』ということで、占星術ともう一つのテーマは、『読書』でした。素敵な本ばかりですので、ぜひ、お手に取ってみてください。

また、今回は私が大好きな場所——淡路島、岩手、広島を舞台に書けて、本当に嬉しいです。

今、私は京都に住んでいるので淡路島は近く、よく車で遊びに行っております。神話の地であり、海岸沿いにお洒落なカフェが立ち並ぶ、大好きな島です。

岩手県遠野市・花巻市は、数年前に一度行ったきりなのですが、『銀河鉄道の夜』のモデルとなった、『めがね橋』を見た時の感動が忘れられません。広島へは今年初めて伺いました。念願の宮島は本当に素晴らしかったです。

それらの想いのすべてを作中に込めております。どうぞよろしくお願いいたします。

最後に、今回もこの場を借りて、お礼を伝えさせてください。

いつも素晴らしいイラストを手掛けてくださる桜田千尋先生、本巻も監修を務めてくださった宮崎えり子先生、そして担当編集者様をはじめ、本作品に関わるすべての方とご縁に、心より感謝申し上げます。

本当にありがとうございました。

望月麻衣

参考文献など

ルネ・ヴァン・ダール研究所『いちばんやさしい西洋占星術入門』（ナツメ社）
ケヴィン・バーク　伊泉龍一訳『占星術完全ガイド　古典的技法から現代的解釈まで』（フォーテュナ）
ルル・ラブア『占星学　新装版』（実業之日本社）
鏡リュウジ『鏡リュウジの占星術の教科書Ⅰ　自分を知る編』（原書房）
鏡リュウジ『占いはなぜ当たるのですか』（説話社）
松村潔　エルブックスシリーズ『増補改訂　決定版　最新占星術入門』（学研プラス）
松村潔『完全マスター西洋占星術』（説話社）
松村潔『月星座占星術講座 ―月で知るあなたの心と体の未来と夢の成就法―』（技術評論社）
石井ゆかり『月で読む　あしたの星占い』（すみれ書房）
石井ゆかり『12星座』（ＷＡＶＥ出版）
Ｋｅｉｋｏ『Keiko的Lunalogy　自分の「引き寄せ力」を知りたいあなたへ』（マガジンハウス）

Ｋｅｉｋｏ『宇宙とつながる！　願う前に、願いがかなう本』（大和出版）
星読みテラス　好きを仕事に！今日から始める西洋占星術（https://sup.andyou.jp/hoshi/）

本書は文庫オリジナルです

文春文庫

満月珈琲店《まんげつコーヒーてん》の星《ほし》詠《よ》み
～秋《あき》の夜長《よなが》と月夜《つきよ》のお茶会《ちやかい》～

定価はカバーに表示してあります

2023年12月10日　第1刷

著　者　望月《もちづき》麻《ま》衣《い》
画　桜田《さくらだ》千《ち》尋《ひろ》
発行者　大沼貴之
発行所　株式会社　文藝春秋

東京都千代田区紀尾井町 3-23　〒102-8008
ＴＥＬ　03・3265・1211㈹
文藝春秋ホームページ　http://www.bunshun.co.jp

落丁、乱丁本は、お手数ですが小社製作部宛お送り下さい。送料小社負担でお取替致します。

印刷・萩原印刷　製本・加藤製本
Printed in Japan
ISBN978-4-16-792138-5

『満月珈琲店の星詠み』シリーズ　望月麻衣・著
桜田千尋・画

満月珈琲店の星詠み

満月の夜にだけ現れる満月珈琲店では、猫のマスターと店員が、極上のスイーツやフードとドリンクで客をもてなす。スランプ中のシナリオ・ライター、不倫未遂のディレクター、恋するＩＴ起業家……マスターは訪問客の星の動きを「詠む」。悩める人々を星はどう導くか。

美しいイラストとのコラボで人気沸騰の

文春文庫

満月珈琲店の星詠み
～本当の願いごと～

満月珈琲店の三毛猫のマスターと星遣いの店員は極上のメニューと占星術で迷える人の心に寄りそう。結婚と仕事の間で揺れる聡美、父の死後、明るい良い子を演じてきた小雪、横暴な父のため家族がバラバラになった純子。彼女たちが自分の本当の願いに気が付いたとき ── 。

『満月珈琲店の星詠み』シリーズ

望月麻衣・著
桜田千尋・画

満月珈琲店の星詠み
～ライオンズゲートの奇跡～

八月の新月、三毛猫のマスターのもとに、美しい海王星の遣い・サラが訪れた。特別に満月珈琲店を手伝うという。人に夢を与えるサラが動いたことで、気後れして母に会えずにいた沙月、自分の気持ちを蔑ろにしてきた藤子、才能の限界を感じた作家の二季草、彼らの心の扉が開かれる。